우리가 정말 알아야 할 우리 고전

홍길동전

우리가 정말 알아야 할 우리 고전
홍길동전

초판 1쇄 발행 | 2000년 11월 30일
초판 41쇄 발행 | 2021년 3월 15일

글 | 김성재
그림 | 김광배
펴낸이 | 조미현

펴낸곳 | (주)현암사
등록 | 1951년 12월 24일 · 제10-126호
주소 | 04029 서울시 마포구 동교로12안길 35
전화번호 | 365-5051 · 팩스 | 313-2729
전자우편 | editor@hyeonamsa.com
홈페이지 | www.hyeonamsa.com

ⓒ 김성재 2000
ISBN 978-89-323-1066-4 03810

* 지은이와 협의하여 인지를 생략합니다.
* 잘못된 책은 바꾸어 드립니다.

우리가 정말 알아야 할 우리 고전

홍길동전

글─김성재 그림─김광배

현암사

우리 고전 읽기의 즐거움

"천 년이 지났으나 예스럽지 않다(歷千劫而不古)"는 말이 있다. 천 년이라는 긴 세월을 거쳤으면서도 여전히 새롭다는 뜻이리라. 오랜 세월을 거치는 동안 수많은 평가를 새로이 받으며 그 때마다 명작으로 인정받아 온 작품을 우리는 고전이라고 한다. 시대를 뛰어넘는 영원성, 옛 것이면서도 언제나 '현재'에 살아 있다는 것이 고전의 참다운 가치이다.

문학은 시대와 사회와 개인의 삶을 총체적으로 비추어 주는 거울이다. 특히 고전 문학 작품은 인생과 세계에 대한 선인들의 치열한 경험과 진지한 사색의 결과물이다. 그러므로 우리는 이것을 통하여 바람직한 삶을 사는 지혜와 힘을 얻거나, 인간의 크고 작은 꿈을 들여다볼 수 있게 된다. 고전은 우리 삶의 길잡이이며 자양분이다. 바로 이것이 우리가 어린 시절부터 고전이 지성과 감성을 연마하는 한 방법이라고 배워 온 까닭이다.

우리 나라 고전 문학 작품은 대개 신문화가 본격적으로 들어오기 전인 갑오경장 이전의 작품을 말한다. 비록 세계의 고전 문학 작품에 비하여 양적으로 그다지 많지 않고 형상화된 세계가 다양하지는 않지만 우리의 옛 시대 정신과 선인들의 삶의 훌륭한 결정체이다. 특히 '이야기책'이라고도 불리던 우리 고전 소설 속에 투영된 삶과 죽음, 사랑과 이별, 이런 것들이 주는 고통과 기쁨, 슬픔과 환희 그리고 유한한 인간으로서의 한계와 인간 사회가 주는 제약을 뛰어넘으려는 꿈은 어느 날 불쑥 생겨났거나 문명화되고 세계화된 오늘날 비로소 생겨난 것이 아니다. 오늘날의 문명화와 세계화는 오랜 세월 동안 도도히 흘러내려 온 한민족이라는 강줄기에 더해진 자극과 변화의 결과일 따름이다.

우리 고전을 재미있게 읽을 수 있는 가장 중요한 조건은 무엇보다도 우리가 한민족이라는 강줄기를 이루는 작은 물방울들이라는 데 있다. 우리는 누구나 문화 전통을 이루는 데 기여하고 누리며 전승하는 주체로서, 조상에게서 이미 우리만의 정서가 흐르는 피를 물려받았다. 열녀 춘향, 효녀 심청, 개혁 청년 홍길동, 이상적인 남성 양소유, 이들은 우리의 정신과 정서가 만들어 낸 인물들이다.

　그런데도 고전 읽기가 즐겁지 않았던 데에는 정신에 앞서 표현의 문제가 크게 작용하였을 것으로 생각된다. 무엇보다 낯선 고사의 인용과 한문 어구의 빈번한 삽입, 익숙하지 않은 문어투와 내용 파악이 어려운 비문투성이의 긴 문장이 큰 원인이었다. 언어 문자는 정신과 문화의 소산이다. 언어는 시대의 변화에 따라 저절로 변하는 것이 그 본질이다. 그러나 우리의 언어 문자 변화에는 적지 않은 외적 요인이 작용하였다. 한글 창제 이전부터 보편적인 표기 수단이었던 한문자 사용의 오랜 전통과 습관, 신문화의 격랑과 함께 시작된 일제 36년 동안의 의도적인 우리말 말살 정책, 이에 더하여 해방 이후 오늘날까지 우리 사회를 온통 뒤덮은 영어 사용의 보편화 등등. 이로 말미암아 한글과 영어 시대를 사는 우리 젊은이에게 우리 고전은 무척 어렵고 낯설고 재미없는 것으로 인식되어 온 것이다.

　작품은 작가가 창작한 원작 그 자체로 읽히고 평가되어야 한다. 그러나 그러한 원칙을 위하여 고전 작품 자체가 잊혀지거나 도서관 깊숙이 사장되어서는 안 된다. 학문 연구의 대상으로 상아탑 속에 안주하는 것도 바람직한 일이 아니다. 여기에 '원작에 대한 반역'이라고까지 이야기하는 '손질'을 감행할 수밖에 없었던 이유가 있다. 한문으로 된 문장은 우리말 글로 풀어 쓰고, 고사는 해설을 삽입하여 주석이 없이도 누구나 쉽게 읽을 수 있도록 하였다. 비문이나 번역투의 매끄럽지 못한 문장은 우리말 맞춤법에 맞추어 고쳐 써서 읽기 편하게 가다듬었다. 그리하여 옛 것, 어려운 것으로만 느껴지는 우리 고전 소설을 청소년을 비롯한 일반인 누구나 가까이 두고 즐겁게 읽을 수 있도록 하였다.

이 책이 우리 고전 소설 보급에 조금이나마 보탬이 되기를 바랄 따름이다.

2000년 10월

국문학자 김선아

한국인을 대표하는 이름 '홍길동'

　남쪽 먼 섬에 홍 아무개라는 사람이 있었다. 그의 아들 길동이 가출하여 뭍으로 떠난 지 몇 년째 소식이 없어 홍 아무개는 마음 깊이 걱정하고 있었다. 그런데 같은 마을 청년 한 사람이 취직이 되어 서울로 떠난 지 얼마가 지나 무슨 잘못을 저질러 서울 근교의 한 교도소에 갇혔다. 청년의 아버지가 아들을 면회하려고 교도소에 갔더니 면회 신청서에 '홍길동'이라는 이름이 적혀 있었다. 그 사람은 마을로 돌아오자마자 홍 아무개에게 아들 길동이 교도소에 있더라고 전했다. 홍 아무개는 부리나케 교도소로 달려가 아들을 면회시켜 달라고 졸랐다고 한다.

　이 이야기를 전한 사람은 실제로 있었던 이야기라며 웃지도 않고 말했으나 사실인지 아닌지 확인할 길은 없다. 그러나 전혀 근거 없이 지어낸 이야기만은 아닐 것이란 생각을 하게 되는 것은 곳곳에서 '홍길동'이란 이름을 쉽게 만날 수 있기 때문이다. 은행에 저금을 하거나 돈을 찾으려고 신청서를 쓸 때 그 쓰는 방법을 알리기 위해 미리 만들어 유리판 밑에 깔아 둔 보기용 신청서의 이름은 대부분 홍길동이다. 우체국 창구에서도 그렇고, 민원 서류를 발급받으려고 관공서에 가도 본보기로 만들어 둔 신청서의 주인공은 홍길동이 대부분이다.

　누가 언제부터 무슨 이유로 그런 서류의 본보기에 홍길동이란 이름을 사용했는지 모르지만, 우리는 '홍길동'을 따라서 여러 서류를 작성하고 그것을 전혀 이상하게 생각하지 않는다. 이쯤 되면 '홍길동'이 한국인을 대표하는 이름이라고 해도 억지라고 할 수만은 없을 것이다.

 새삼 말할 필요도 없지만 이처럼 우리가 곳곳에서 만나는 홍길동은 실재의 인물이 아니고 소설 『홍길동전』의 주인공이다. 거의 400년 전 소설의 주인공이 우리 생활 속에 이처럼 친숙하게 자리하게 된 것은 그만큼 널리 읽어 왔기 때문일 것이다.

작가가 알려진 최초의 한글 소설

 『홍길동전』은 최초의 한글 소설이다. 그런 의미에서 문학성을 따지기 이전에 역사적 가치가 큰 작품이다.

 『홍길동전』은 조선 선조·광해군 시대에 살았던 허균(許筠)의 작품이다. 이에 대해서는 몇 가지 다른 주장이 있지만, 허균이 지었다는 것을 뒤엎을 만한 결정적인 증거가 없다는 데에 많은 학자가 생각을 같이하고 있다. 그러므로 이 책에서도 『홍길동전』의 원작자는 허균이라는 주장을 따른다.

 허균은 1562년에 경상 감사를 지낸 허엽(許曄)의 3남 2녀 중 막내로 태어났다. 두 형 허성(許筬)과 허봉(許篈)이 모두 당시 최고의 문장가로 꼽혔고, 바로 위의 누나 허난설헌(許蘭雪軒)은 천재 여류 시인으로 널리 알려져 있다. 형제가 모두 탁월한 문장가로 이름이 높았으니 어릴 때부터 그런 형제와 함께 공부하며 자란 허균이 문학적 재능을 보인 것은 우연이 아닐 것이다.

 21세에 생원시에 합격하고, 26세에 문과에 합격했으며, 29세에 문과 중시(重試 : 이미 과거에 합격하여 벼슬에 있는 사람들을 대상으로 10년에 한 번씩 본 시험)에서 장원을 했다. 춘추관 기주관(春秋館記注官), 형조 정랑(刑曹正郞), 사복시 정(司僕寺正), 형조 참의(刑曹參議) 등의 벼슬을 거쳤고, 지방 고을의 군수와 부사를 지냈다. 당시 중국에서 이름을 떨치던 대문호이면서 사신의 일행으로 우리 나라에 온 주지번(朱之蕃)을 상대로 글솜씨를 발휘하여 그를 감탄하게 하기도 했다.

이처럼 천재적인 재능을 지닌 허균이지만 그의 생애는 그리 순탄하지 못했다. 형은 당쟁에 휘말려 먼 곳으로 귀양을 가고 가장 사랑하던 누나 난설헌은 불행한 결혼 생활을 하다가 27세에 세상을 떠났다. 원래 자유 분방한 기질이 있는데다가 가정의 불행이 겹친 탓이었는지 그는 벼슬에 있으면서 기생과 사귀고 당시 배척당하던 불교를 가까이 하여 예불을 드리는 파격적인 행동을 하곤 했다. 그런 탓에 벼슬에 오래 머물지 못하고 파면되기를 되풀이하였다.

광해군 5년에 '7인 서자 사건'이 일어났다. 선조 말기에 서자에게도 출세의 길을 열어 달라고 상소를 올렸다가 거절당한 서양갑(徐洋甲), 심우영(沈友英), 박응서(朴應犀) 등 7인의 서자가 춘천 여강(驪江)에 굴을 만들고 그 속에서 병법을 익히고 군 자금을 모으는 등 대사를 일으키기 위해 비밀리에 준비하던 중 광해군 5년에 박응서가 문경 새재에서 잡히는 바람에 사건이 드러났다.

허균은 일찍부터 이들과 한 패가 되어 뒤에서 조종하고 격려하였다. 이들을 통해 자신의 희망인 사회 개혁을 이루어 보려 한 것이다. 그러나 사건이 발각되자 위험을 느껴 재빨리 권력자 편으로 돌아서서 위험을 피하고, 뛰어난 문장력을 발휘하여 임금의 신임을 얻고, 몇 차례 중국을 다녀오기도 했으며, 벼슬도 높아져 형조 판서와 좌찬성을 지냈다. 그러나 허균은 올바르지 못한 권력의 편에 서서 오래 안주할 수 있는 성품이 아니었다. 그는 모처럼 확보한 탄탄한 지위를 토대로 개혁을 위한 준비를 하다가 일이 발각되어 1618년(광해군 10년) 8월 24일 반역죄로 사형당하고 재산은 모두 관에서 몰수하였다.

정주동(鄭鉒東)님은 허균의 됨됨이를 "그는 미치광이로서, 괴물로서, 패륜아로서 당시 사람의 비웃음을 받았지만 사회의 모순과 불의, 부패, 허위, 고루함을 보고는 그대로 있을 수 없었던 의협인(義俠人)이었고, 능력과 재주가 있으면서도 낡은 명분 아래 버림을 당한 불우한 인재를 보고는 참을 수 없는 다정다감한 사람이었다. 또 중국을 오가며 견문을 넓히고 유교, 불교, 도교, 심지어 천주교에도 통하여 본질에서 벗어난 당시의 정치, 종교, 문학 등을 공정하고도 날카롭게 비판했다."고 평했다.

어지러운 시대, 이단아의 꿈

허균은 20대의 청년기에 임진왜란을 겪었고, 40대에는 폭군 광해군이 계모인 인목대비와 그 아들 영창대군을 무참히 학살하는 사건을 보았다. 그는 좋은 집안에서 태어난 천재였으나 이처럼 어지러운 시대를 살았고, 개인적으로는 집안의 불행이 이어졌다.

만약 그가 시대의 조류에 영합하여 권력자의 비위를 맞추었다면 그가 지닌 재주로 부귀영화를 누렸을 것이다. 그러나 그의 성품으로는 그것이 불가능했으므로 시대의 이단아(異端兒)로서 상식을 뛰어넘은 파격적인 행동을 한 것인지도 모른다.

혁명을 꿈꾸었으되 현실에서 이루지 못하고 고뇌하는 한 지식인의 소망이 『홍길동전』이라는 소설에 담겨 있다고 본다면 소설 『홍길동전』의 탄생이 우연한 일만은 아닐 것이다. 『홍길동전』에는 작가가 당시의 사회에 외치는 주장이 담겨 있다고 할 수 있겠는데, 대체로 적자와 서자를 차별하는 신분 제도의 타파, 부정과 부패가 말끔히 제거된 새로운 이상 사회의 건설 등으로 간추릴 수 있다.

그는 양반의 자손이며 서자도 아니다. 그런데도 실제로 서자들의 모임에 가담하고 소설에서도 적자와 서자를 차별하는 제도의 모순을 강하게 비판한 배경에는 둘째형 허봉의 친구이며 어릴 때 시를 배운 스승이기도 한 손곡(蓀谷) 이달(李達)이 있다. 이달은 당시 가장 뛰어난 시인으로 꼽히면서도 서자라는 신분의 한계로 불우하게 산 사람이다. 그런 이달의 모습에서 적서 차별의 불합리성을 깊이 깨달았을 것임은 짐작하기 어렵지 않다.

『홍길동전』의 줄거리는 우리 모두가 너무나 잘 알고 있다. 이조 판서를 지낸 홍대감의 서자로 태어나 집안의 천대를 견디다 못한 길동은 가출하여 산속의 도둑떼를 거느리고 활빈당을 조직한다. 신출귀몰하는 재주로 전국을 다니며 탐관오리의 부정한 재물을 빼앗아 가난한 백성을 도와 주고, 죄가 큰 관리는 직접 처단하기도 한다. 나라에서 길동을 잡으려고 온갖 방법을 써 보지만 잡지 못한다. 결국 길동은 바라는 대로 병조 판서에 임명되고서야 임금 앞에 나선다. 다시 무리를 이끌고 나라를 떠나 저도에 자리 잡았다가 이웃에 있는 율도국을 쳐서 빼앗고 70년 동안 다스리다가 하늘로 올라간다.

이런 줄거리의 『홍길동전』을 읽을 때 가장 매력을 느끼는 부분은 아마도 사람이라고는 믿기 어려운 길동의 신기한 재주일 것이다. 한순간에 길동은 간데없이 사라져 버리고 '거센 바람이 불고 뇌성벽력이 천지를 뒤흔들고 구름과 안개가 자욱한 첩첩산중'으로 바꾸어 놓는가 하면, 짚으로 자신과 똑같은 사람 일곱을 만들어 내기도 한다. 먼 곳의 일을 환히 알고, 갑자기 공중으로 몸을 솟구쳐 멀찌감치 내려서기도 한다.

길동이 이런 재주를 지닌 인물로 그려진 데에는 현실에서는 도저히 이룰 수 없는 개혁의 꿈을 실현하기 위한 작가 의식이 깔려 있을 터인데, 읽는 사람으로서는 답답한 가슴이 시원하게 뚫리는 쾌감을 느끼게 된다. 이런 재주로 길동은 '아버지를 아버지라 부르지 못하고 형을 형이라 부르지 못하는' 서자의 억울한 한을 풀고 최고의 소망이던 병조 판서가 되었으며, 관리의 부패와 부조리한 사회 문제에 정면으로 저항하고 새로운 이상 국가를 이룩해 낸다.

절대 왕권이 지배하던 조선 사회에서 기존의 사회 질서에 반기를 들고 정면으로 도전하는 인물을 영웅적인 모습으로 그려낸 소설은 『홍길동전』이 처음이다. 그래서 『홍길동전』은 '사회 소설', '영웅 소설', '혁명 소설'이라 불려 왔다.

현실 인식이 더욱 잘 드러난 완판

『홍길동전』에는 여러 이본이 있다. 지금 남아 있는 것으로는 서울에서 발간된 경판본(京板本) 4종, 경기도 안성에서 만들어진 안성판본(安城板本) 2종, 전라북도 전주에서 만들어진 완판본(完板本) 1종이 있고, 그 밖에 한문 필사본과 활자본이 있다.

여러 이본은 전체 줄거리는 같으나 부분적으로 차이가 있는데, 어느 것이 허균이 지은 원작 혹은 원작과 가장 가까운 것이냐에 대해서 많은 연구를 거듭해 왔다. 그러나 분명하게 밝혀지지는 않은 가운데, 여러 사실로 미루어 볼 때 경판 중 한남본(翰南本)이 원작에 가장 가깝다고 짐작할 뿐이다.

 그러나 이 책이 토대로 한 것은 완판본이다. 여러 이본 중에서 완판본이 가장 선명한 현실 인식을 보여 주고 있는데, 아직 허균의 원작이 정확히 가려지지 않은 상황에서 '사회 소설'이라는 『홍길동전』의 성격을 고려할 때 현실 인식이 선명하게 드러난 것이 완판본이라고 판단했기 때문이다.

 대표적으로 경판본과 완판본 『홍길동전』을 비교해 보면 세부적인 묘사의 차이점은 덮어 두고라도 홍길동을 제외한 등장 인물의 이름이 다르다.

 먼저 길동의 아버지 홍 판서의 이름이 경판본에는 '홍모'라고만 되어 있는데 완판본에는 '홍문'이라고 되어 있다. 또 길동의 형은 인형(경판)과 길현(완판)으로 다르게 되어 있고, 경판본에는 '초란' '특재'로 나오는데 완판본에는 '초랑', '특자'로 되어 있다.

 길동이 조선을 떠나 저도에 자리 잡은 후 을동이란 요괴와 싸우는 장면, 또 율도국과의 싸움 장면 등이 다른 판본에 비해 완판에서는 더 자세하고 역동적으로 묘사되어 있다. 그러나 율도국을 건설한 뒤 길동이 조선의 왕에게 글을 올려 스스로 조선 왕의 신하임을 밝히는 대목이 경판과 안성판에는 있는데 완판에는 빠져 있다.

 시대적 배경은 모든 이본에서 동일하게 세종대왕 때로 되어 있다. 『홍길동전』이 나올 당시 시대적 배경은 임진왜란이 휩쓸고 간 뒤를 이어 폭군 광해군이 즉위하여 사회는 극도로 불안하고 어수선하던 시기로, 왕은 포악하고 관리들은 썩을 대로 썩어 백성의 생활이 아주 어려웠던 때이다. 이에 반해 소설 속의 배경이 된 세종대왕 시절은 조선 왕조 500년을 통해 가장 좋은 정치가 이루어진 시기이다. 어느 역사 기록에서도 세종대왕 시절에 탐관오리의 횡포로 백성이 고통당했다는 사실은 찾아볼 수 없다.

그런데도 『홍길동전』의 작가는 굳이 세종대왕 때를 소설의 시대 배경으로 삼아 제도의 모순과 부정 부패한 관리를 응징하는 홍길동의 활약을 그렸다. 그것은 다만 우연이었을까, 아니면 작가가 의도적으로 현실과 가장 대조적인 시대를 작품의 배경으로 선택했을까?

만약 그것이 작가의 계획적인 선택이었다면 현실의 부조리를 고발하는 데 참으로 절묘한 장치라 할 수 있을 것이다.

『홍길동전』은 우리 문학사에서 매우 중요한 작품이다. 또 첫머리에서 말했듯 홍길동은 허구의 인물로 소설 속에만 머물러 있지 않다.

이 작업은 그런 『홍길동전』을 누구나 쉽고 편하게 읽을 수 있게 하려는 생각에서 시작되었다. 『홍길동전』이 우리 문학사에서 어떤 평가를 받는 작품이며, 문학적 특성은 어떠하고, 소설 구성에서 어떤 약점을 지니고 있는지, 또 그 밖에 지금까지 우리가 배우고 알아 온 『홍길동전』에 대한 모든 지식을 접어 두고 한 편의 소설로 읽어 주기 바란다.

2000년 10월

김성재

글 읽는 순서

우리 고전 읽기의 즐거움 · 사
『홍길동전』을 다시 펴내며 · 칠

용꿈을 꾸고 길동을 얻다 · 십칠
영웅의 기상을 지녔으나 · 이십
곡산 어미 흉계를 꾸미다 · 이십사
도적 무리의 수령이 되다 · 삼십오
첫번째 거사 · 삼십팔
활빈당의 탄생 · 사십이
길동을 잡으라는 어명이 내리다 · 사십오
길현, 경상 감사로 부임하다 · 오십일
길동, 한양으로 압송되다 · 오십육
병조 판서에 오르다 · 육십
조선을 떠나 성도로 향하다 · 육십오
망당산 울동 소굴로 들어가다 · 육십칠
세 여자를 아내로 맞이하다 · 칠십이
부친상을 당하다 · 칠십삼
율도국을 치고 왕위에 오르다 · 칠십팔
태평성대를 이루다 · 팔십사

조선 세종대왕 즉위 15년에 홍화문 밖에 홍문이라는 재상이 있었다. 사람됨이 청렴 강직하고 덕망이 매우 높아 사람들이 모두 한 시대의 영웅이라 일컬었다.
　일찍이 과거에 급제하여 벼슬이 한림에 이르렀고, 명성이 날로 높아져 조정 대신 중에 으뜸이니 임금께서 그 덕망을 귀하게 여기시고 벼슬을 높여 이조 판서와 좌의정을 삼으셨다. 홍 승상이 그 은혜에 감동하여 더욱 마음을 다하며 몸을 아끼지 않고 충성으로 보답하니 사방에 일이 없고 도적이 없어 시절이 평화롭고 해마다 풍년이 들어 나라가 태평하였다.
　하루는 승상이 난간에 기대어 잠깐 졸고 있는데, 소슬한 바람이 길을 인도하여 한 곳에 이르렀다. 푸른 산은 울창하고 계곡 물은 맑게 흐르는데 수많은 나뭇가지에 녹음이 우거졌다. 황금 같은 꾀꼬리는 봄기운에 흥을 돋워 노래하며 버드나무 가지 사이에서 노닐고 아름다운 꽃은 다투어 피었는데, 푸른 학, 흰 학, 비취, 공작, 온갖 새는 봄빛을 마음껏 즐긴다.
　승상이 경치를 구경하며 점점 들어가니 까마득한 절벽은 하늘에 닿을 듯 솟아 있고, 굽이굽이 흐르는 맑은 계곡 물은 골짜기마다 폭포를 이루어 오색 구름 어려 있다. 갑자기 길이 끊어져 갈 곳을 몰라 방황하는데 문득 푸른 용이 물결을 헤치고 머리를 들어 소리친다. 그 소리에 온 산이 무너지는 듯하는데 용이 입을 벌리고 기운을 토하며 승상의 입으로 들어온다.
　깜짝 놀라 깨달으니 일생에 다시 보기 어려운 좋은 꿈이다. 마음속으로 생각하기를,
　'이는 반드시 군자를 낳을 길몽이로고.'
하여 즉시 안방으로 들어가 몸종을 물리치고 부인을 이끌어 자리에 들려 하자

부인이 정색하고 말한다.

"승상은 한 나라의 재상이십니다. 체통이 중하신 분이 한낮에 안방에 들어와 정실 부인을 천한 계집 다루듯 하시니 재상의 체면이 이러하실 수 있겠습니까?"

승상이 생각하니 부인의 말이 지극히 옳으나 꿈의 효험이 없어질까 걱정하여 차마 꿈 이야기를 하지 못하고 다만 거듭 청하기만 하는데, 부인은 끝내 옷을 떨치고 일어나 밖으로 나간다. 승상이 무안한 가운데도 부인의 도도한 고집을 안타까이 여겨 못내 아쉬워하며 바깥채로 나가니 때마침 시중 드는 몸종 춘섬이가 상을 들어온다. 주위에 아무도 없는 틈을 타서 춘섬을 이끌고 정을 나누어 적이 마음을 달래었으나 끝내 한 가닥 아쉬움이 남는다.

춘섬은 비록 노비로 태어났으나 마음이 곧은 여인이다. 뜻밖에 재상이 위엄으로 이끄시니 감히 영을 어기지 못해 따른 뒤로 그 날부터 중문* 밖을 나가지 아니하고 몸가짐을 조심한다. 그 달부터 태기가 있어 열 달이 차자 거처하는 방에 오색 구름이 영롱하며 향기가 가득하더니 정신이 아득한 가운데 아기를 낳으니 귀한 아들이다. 사흘 뒤에 승상이 들어와 보시고 한편 기꺼우나 정실 부인에게서 태어나지 못하고 천한 몸종에게서 태어난 것을 아까워하신다. 이름을 길동이라 지었다.

아이는 자라면서 재주가 뛰어나 한 마디 말을 들으면 열 마디를 알고, 무엇이든 한 번 보면 모르는 것이 없다.

하루는 승상이 길동을 데리고 안방에 들어가 부인을 보고 탄식하면서 말한다.

"이 아이가 비록 영웅의 기상을 타고났으나 종의 몸을 빌려 태났으니 무엇에 쓰겠소? 부인의 고집이 원통하고, 이만저만 후회가 아니오."

중문: 대문 안에 거듭 세워 안으로 드나드는 문.

영웅의 기상을 지녔으나…

부인이 까닭을 물으니 재상이 두 눈을 찡그리면서 말하기를,
"부인이 그 때 내 말을 들으셨던들 이 아이가 부인의 배에서 태어났을 것이니 어찌 천한 몸종의 자식이 되었겠소?"
하고, 비로소 꿈 이야기를 하니 부인도 슬퍼하며 대답한다.
"이 또한 하늘의 뜻이니 어찌 사람의 힘으로 되는 일이겠습니까?"

세월이 흐르는 물과 같아 길동의 나이 어느덧 여덟 살이 되었다. 아래위 모든 사람이 칭찬하지 않는 이가 없고 대감도 매우 사랑하시나, 길동의 가슴에는 한 가지 깊은 한이 맺혀 있다. 아버지를 아버지라 부르지 못하고 형을 형이라 부르지 못하므로 스스로 천하게 태어남을 한탄하였다.

칠월 보름 밝은 달을 보고 뜰에 내려가 배회하는데, 가을 바람은 소슬하고 기러기 우는 소리가 사람의 외로운 마음을 더욱 부추기니 홀로 탄식하여 말하기를,

"대장부가 세상에 나서 공자 맹자의 도학을 배워 전쟁에 나서는 장수가 되어 대군을 호령하고 조정에 들어서는 한 나라의 재상이 되어 임금을 보필하여 얼굴을 기린각*에 빛내고 이름을 후세에 길이 전하는 것이 대장부로서 떳떳한 일이라. 옛사람이 이르기를 왕후장상의 씨가 없다 하였으니 나를 두고 한 말인가. 세상 사람 중에 이름 없는 상것이라도 아버지를 아버지라 부르고 형을 형이라 하건마는 나는 홀로 그러지 못하니 이 무슨 인생이 이러한고."

답답한 마음을 가누지 못해 칼을 잡고 달빛 아래 춤을 추며 넘

기린각(麒麟閣) 중국 전한 시절 무제(武帝)가 기린을 잡을 때 세운 누각. 그 후 선제(宣帝)가 공신 11명의 화상을 이 누각에 걸었다고 전함. "얼굴을 기린각에 빛낸다."는 말은 나라에 큰 공을 세워 이름을 길이 전한다는 뜻.

치는 기운을 걷잡지 못한다. 이 때 승상이 밝은 달빛을 사랑하여 창을 열고 기대 앉았다가 길동의 모습을 보고 놀라 물으신다.

"밤이 이미 깊었거늘 너는 무슨 즐거움이 있어 이러느냐?"

길동이 칼을 던지고 엎드려 대답하기를,

"소인이 대감의 정기를 받아 당당한 남자로 태어났사오니 이처럼 즐거운 일이 없습니다. 하오나 평생 서러운 일은 아비를 아비라 부르지 못하고 형을 형이라 못 하여 위아래 종들까지 다 천하게 보고, 친척과 친구들도 손으로 가리키며 '아무의 천한 아들이다' 하니 이런 원통한 일이 어디 있겠습니까?"

하고 말을 마치고는 엎드려 큰 소리로 운다. 대감이 마음으로는 불쌍히 여기면서도 만일 그 마음을 위로하면 자칫 분수를 모르고 버릇없이 굴까 염려하여 꾸짖는다.

"종의 몸을 빌려 태어난 재상의 핏줄이 너뿐이 아닌데, 함부로 버릇없는 마음을 먹지 말라. 앞으로 다시 또 그런 말을 번거로이 입 밖에 내는 일이 있으면 눈앞에 용납하지 못할 것이다."

대감의 말에 길동은 다만 눈물을 흘릴 뿐이다. 감히 고개를 들지 못하고 엎드려 있다가 대감이

"물러가라."

하시므로 그제야 일어나 물러난다.

길동이 돌아와 어미를 붙들고 통곡하며 신세를 한탄한다.

"어머니께서는 소자와 전생의 인연으로 이생에서 어미 자식이 되오니 생각하면 하늘같이 높은 은혜 헤아릴 길이 없습니다. 사나이 세상에 나서 입신양명하여 위로는 조상을 받들고 부모님의 기르신 은혜를 만분의 하나라도 갚는 것이 당연한 도리이겠으나 이 몸은 팔자가 기박하여 천한 몸이 되어 남의 업신여김을 받게 되었습니다. 그러나 대장부가 어찌 구차하게 근본에 얽매여 후회를

남기겠습니까? 이 몸이 마땅히 조선 병조 판서의 인수*를 띠고 상장군이 되지 못할진대 차라리 몸을 산속에 붙여 세상의 영욕을 모르고자 합니다. 어머님께서는 부디 자식의 사정을 살피시어 아주 버린 듯이 잊고 계시면 뒷날 돌아와서 모자의 정을 다시 이을 날이 있을 것이니 깊이 헤아리십시오."

말하는 기세가 너무나 도도하여 도리어 슬픈 기색이 없거늘 그 어미 이 모습을 보고 달래며 말한다.

"양반 집안의 몸종 소생이 너뿐이 아니거늘 무슨 말을 들었는지 모르되 어미 마음을 이토록 아프게 하느냐? 어미의 낯을 보아 가만히 있으면 머지않아 대감께서 헤아려 조처하시는 분부가 없지 않을 것이다."

길동이 다시 말한다.

"부형의 천대는 그만두고라도 집안의 종이며 어린아이들에게서 듣는 말이 골수에 박히는 일이 이루 헤아릴 수 없습니다. 요새 곡산 어미 하는 양도 자기보다 나은 사람을 시기하여 아무 잘못도 없는 우리 모자를 원수같이 보아 해치려는 뜻을 품으니 머지않아 눈앞에 큰 화가 있을 듯합니다. 그러나 소자가 나간 뒤에라도 어머니께는 화가 미치지 않게 하겠습니다."

"네 말이 그럴듯하다마는, 곡산 어미는 어질고 후덕한 사람인데 어찌 그런 일이 있겠느냐?"

"세상 일이란 미리 헤아리기 어렵습니다. 소자의 말을 허투루 생각하지 마시고 앞일을 보십시오."

원래 곡산 어미는 곡산 기생으로 대감의 첩이 되었는데, 마음이 방자하여 비록 집안에서 부리는 하인이라도 제 마음에 맞지 않으면 없는 일을 꾸며서라도 헐뜯어 끝내 목숨이 위태롭게 하고, 남이 잘못되면 기뻐하고 잘되면 시샘한다. 이런 사람이니, 대감이 용꿈을 꾼 뒤에 길동을 낳아 사람마다 모두 칭찬하고 대감이 사랑하시는 것을 보

인수(印綬) 벼슬자리에 임명될 때 임금에게서 받는 신분이나 벼슬의 등급을 나타내는 관인을 몸에 차기 위한 끈. 인끈.

고, 장차 대감의 사랑을 잃을까 걱정하였다. 그런 가운데 대감이 이따금 장난삼아 하는 말이,

"너도 길동이 같은 자식을 낳아 내 늘그막의 재미를 도우라."

하시므로 몹시 무안하게 여기는데, 길동의 이름이 날로 높아 가므로 곡산 어미 초랑이 더욱 시샘한다. 길동과 그 어미를 눈엣가시같이 미워하여 해코지할 마음이 가득하다.

초랑은 길동 모자를 해칠 마음으로 악랄한 꾀를 내어 재물을 써서 요망한 무당들을 불러 흉계를 꾸미고 날마다 오가며 의논하는데, 그 가운데 한 무녀가 꾀를 일러 준다.

"동대문 밖에 관상을 잘 보는 계집이 있는데, 사람 얼굴을 한번 보면 평생의 길흉화복을 알아맞히니 이 사람을 불러서 미리 말을 맞춘 후에 대감께 추천하십시오. 집안의 지난 일을 본 듯이 말한 후에 길동의 상을 보고 이러저러하게 아뢰어 대감을 놀라게 하면 낭자의 뜻을 이룰 것입니다."

초랑이 매우 기뻐하여 곧바로 관상쟁이에게 사람을 보내 불러와서 돈을 주고 대감 댁의 일을 낱낱이 일러 주어 말을 맞추고 길동을 없앨 계책을 꾸민 뒤에 일을 실행할 날짜를 정하고 돌아갔다.

하루는 대감이 안방에 들어가 길동을 불러들여 부인에게 보이며 말한다.

"이 아이 비록 영웅의 기상이 있으나 어디에 쓰리오?"

그 때 문득 한 여자가 밖에서 들어와 뜰 아래서 대감을 뵙는다. 대감이 이상히 여겨 까닭을 물으니 여자가 제 입으로 찾아온 까닭을 여쭙는다.

"소녀는 동대문 밖에 사는데, 어려서 한 도인을 만나 사람의 상을 보는 법을

배운 뒤로 넓고 넓은 서울 안을 두루 다니며 관상을 보며 살아갑니다. 대감 댁에 복이 가득함을 높이 듣고 하찮은 재주나마 시험할까 하여 찾아뵈었습니다."

대감이 하찮은 무녀의 말에 귀를 기울일 까닭이 없으나 마침 길동을 두고 걱정하던 끝이라 웃으며 말한다.

"네 어쨌거나 가까이 올라와 내 평생의 일을 말해 보아라."

관상쟁이가 허리를 굽히고 머리를 숙이며 마루에 올라 먼저 대감의 상을 살핀 후에 지나간 일을 자세히 아뢰고, 다가올 일을 눈앞에 보는 듯 점치는데 털끝만치도 대감의 마음에 어긋나는 말이 없다. 대감이 크게 칭찬하고 이어서 집안 사람의 상을 보게 하니 낱낱이 본 듯 알아맞혀 한 마디도 틀린 데가 없으므로 대감과 부인뿐 아니라 자리에 있던 모든 사람이 크게 감탄하여 신인(神人)이라 일컫는다.

끝으로 길동의 상을 보게 하니 크게 칭찬하여 말한다.

"소녀가 곳곳을 두루 다니며 온갖 사람을 보아 왔으되 공자 같은 상은 처음이옵니다. 하오나 알지 못할 것은, 부인께서 낳으신 아드님이 아닌 듯하옵니다."

대감이 속이지 못하고 말한다.

"그는 그러하거니와 사람마다 좋은 때와 나쁜 때가 있고, 크게 잘되는 때가 있고 뜻을 펴지 못할 때가 있으니, 이 아이의 상을 자세히 살펴보라."

대감의 말에 관상쟁이가 길동을 물끄러미 바라보다가 거짓으로 놀라는 체하므로 이상하게 여겨 그 까닭을 물으나 입을 다물고 말이 없다. 대감이 거듭 재촉하여 말하되,

"좋고 나쁨을 한 치도 속이지 말고 보이는 대로 다 말하여 내 의심을 없게 하라."

하니 그제야 말하기를,

"이 말씀을 바로 아뢰면 대감의 마음을 놀라시게 할까 걱정이옵니다."

대감이 거듭 재촉하기를,

"옛날 오복을 모두 갖추었다고 하는 곽분양* 같은 사람도 좋은 때가 있고 불행한 때가 있었거늘 무슨 말이 그리 많은고? 상에 보이는 대로 감추지 말고 말하라."

하니, 마지못하여 길동을 나가게 한 후에 가만가만 아뢴다.

"공자의 앞날을 감히 아뢰기가 두렵습니다만 여러 말씀을 버리고 보이는 대로 아뢸까 합니다. 뜻을 이루시면 왕이 되실 기상이요, 그러지 못하면 화를 이루 헤아릴 수 없을 것입니다."

대감이 크게 놀라되 이윽고 마음을 가라앉힌 후에 관상쟁이에게 상을 후하게 주시고,

"너는 말을 삼가 이 말을 입 밖에 내지 말라."

하고 엄하게 분부하고는,

"내 저를 나이 찰 때까지 문밖 출입을 못 하게 하리라."

하시니 관상쟁이가 말하기를,

"왕후장상이 어찌 씨가 따로 있겠습니까?"

한다. 대감이 말을 내지 말 것을 거듭거듭 다짐하니 관상쟁이가 두 손을 모아 절하여 명을 받들고 나간다.

대감이 이 말을 들은 후에 크게 걱정하여 속으로 여러 생각이 엇갈린다.

'이놈이 본래 보통 아이들과 다르고 또 천한 몸으로 태어남을 한탄하고 있는데, 만일 외람된 마음을 먹으면 대대로 나라에 충성한 일이 물거품이 되고 말 것이요, 집안에 큰 화가 미칠 것이로다. 미리 저놈을 없애어 집안의 화를 덜고자 하나 사람으로서 차마 못 할 짓이로구나.'

생각이 이처럼 어지러우니 마땅히 처리할 방법이 없어 고민하다가 병이 되니 밥을 먹어도 맛을 모르고 잠을 자도 편안하지가 못하다.

초랑이 대감의 기색을 살피다가 틈을 보아 여쭙는다.

"관상쟁이의 말과 같이 길동에게 왕의 기상이 있어 만일 외람된 일이 있으면 장차 집안에 미칠 화를 헤아릴 수 없을 것입니다. 제 어리석은 생각으로는 작은 혐의를 돌아보지 마시고 큰 일을 생각하시어 저 아이를 미리 없애는 것이 나을 듯합니다."

그 말을 듣고 대감이 크게 꾸짖는다.

"이런 말을 경솔히 할 것이 아니거늘 네 어찌 입을 지키지 못하는고? 도대체 내 집안의 일을 네가 감히 나서서 알은체할 일이 아니로다."

대감의 기색이 하도 엄하므로 초랑이 황공하여 다시는 말을 못 하고 안으로 들어가 부인과 대감의 큰아들에게 여쭙는다.

"대감께서 관상쟁이의 말을 들으신 뒤로 이러지도 저러지도 못하시어 음식도 제대로 잡수시지 못하시고 편하게 주무시지도 못하시더니 끝내 마음에 병환이 드신 듯하옵니다. 하여 소인이 일전에 이러저러하게 아뢰었더니 크게 꾸짖으시므로 다시 여쭙지 못하였습니다. 하오나 소인이 대감의 마음을 감히 헤아려 보니 대감께오서도 저 아이를 미리 없애고자 하시나 차마 마음을 정하지 못하시는 듯하옵니다. 제 미련한 소견으로는 길동을 먼저 없앤 뒤에 대감께 아뢰는 것이 가장 마땅할 듯하옵니다. 그리하오면 이미 저지른 일이라 대감께서도 어쩔 수 없어 마음에서 잊을까 하옵니다."

부인이 얼굴을 찡그리며

"일이 그렇긴 하네만 사람으로서 차마 할 짓이겠느냐?"

하니 초랑이 다시 말한다.

"이 일은 여러 가지에 관계되는 일입니다. 하나는 나라를 위함이요, 둘은 대감의 건강을 위한 일이 아니겠습니까? 나아가서는

곽분양(郭汾陽) 중국 당나라 숙종(肅宗) 때의 충신으로 분양왕에 봉해진 곽자의(郭子儀)의 별칭. 부귀공명 등 인간이 누릴 수 있는 다섯 가지 복을 다 갖춘 사람으로 이름남. 복 많은 사람을 두고 곽분양팔자, 라고 함.

홍씨 가문을 위한 일이기도 한데 어찌 작은 인정에 얽매여 큰일을 헤아리지 않으십니까? 이토록 머뭇거리시다가 정작 큰일이 생기면 그 때는 어찌하시렵니까? 아무리 후회해도 돌이킬 수 없게 될 것입니다."

갖가지 말로 부인과 대감의 큰아들을 달래니 마지못하여 그리하라고 하신다.

초랑이 속으로 몹시 기뻐하며 밖으로 나와 특자라는 자객을 불러들여 돈을 넉넉히 주고 자세한 사정을 말한 다음 다짐한다.

"오늘 밤에 길동을 없애라."

"틀림없이 처리하겠습니다. 저만 믿으십시오."

특자에게 단단히 약속을 받고는 다시 안방으로 들어가 부인에게 그 말을 전하니 부인이 듣고 발을 구르며 안타까이 여긴다.

이 때 길동의 나이 열한 살이다. 몸집이 훤칠하고 기상이 씩씩하며 글공부도 뛰어나다. 시와 서와 제자백가*의 글을 모두 읽어 모르는 것이 없다. 그러나 대감이 집 밖으로 나가지 말라 하므로 혼자 별당에 머물며 손자*와 오자*의 병법서를 벗삼아 지낸다. 밤낮으로 책을 대하니 내용을 모두 익혀 귀신도 헤아리지 못할 술법을 깨치고 천지가 변화하는 이치를 알아 바람과 구름을 마음대로 부리며 육정 육갑*의 신장*을 부려 신출귀몰하는 재주를 지녔으니 세상에 두려운 것이 없다.

이날 밤 삼경*이 된 후에 책상을 물리고 잠자리에 들려고 하는데 문득 창 밖으로 까마귀가 세 번 울고 서쪽으로 날아간다. 길동이 놀라 생각해 보니 까마귀가 "객자 와" "객자 와" "객자 와" 하고 울고 간지라, 이것은 분명히 자객이

시·서·제자백가(詩書諸子百家) 「시경(詩經)」 「서경(書經)」, 제자백가의 책으로 모든 학문을 뭉뚱그려 일컫는 말.

손자(孫子) 중국 전국 시대의 이름난 병법가 손무(孫武). 삼십육계의 병법으로 유명함. 또 그가 지은 병법서.

오자(吳子) 중국 전국 시대의 병법가인 오기(吳起). 손자와 함께 중국 역사상 가장 뛰어난 병법가로 꼽힌다. 또 그가 지은 병법서.

육정 육갑(六丁六甲) 둔갑술을 할 때 부르는 신장(神將) 이름.

신장(神將) 신병(神兵)을 거느리는 장수.

삼경(三更) 밤 11시부터 새벽 1시까지의 시간.

올 징조다.

'어떤 사람이 나를 해치려 하는고? 어쨌건 몸을 숨기고 살펴보리라.'

이렇게 생각하고 방안에 팔괘진*을 치고 각 방위를 바꾸어 변화를 부렸다. 남방의 이허중*은 북방의 감중연*으로 옮기고, 동방 진하연*은 서방 태상절*에 옮기고, 건방*의 건삼연*은 손방* 손하절*에 옮기고, 곤방*의 곤삼절*은 간방* 간상연*에 옮겨, 그 가운데 바람과 구름을 넣어 조화를 무궁하게 펼치고 때를 기다린다.

이 때 특자는 비수를 품고 길동이 있는 별당에 가서 몸을 숨기고 길동이 잠들기를 기다린다. 그런데 느닷없이 까마귀가 창밖에 와서 울고 가거늘 마음에 크게 의심이 일어 혼자 중얼거린다.

'이 짐승이 무엇을 알아서 천기를 누설하는고. 길동은 참으로 보통 사람이 아니로다. 분명 이 다음에 크게 쓰일 사람이다.'

그리고 돌아가려 하다가 받은 돈을 생각하고는 욕심이 생겨 몸을 생각하지 못하고 때를 기다리다가 몸을 날려 방안으로 들어간다. 그런데 길동은 간데없고 한 줄기 거센 바람이 일어나더니 뇌성벽력이 천지를 뒤흔들고 구름과 안개가 자욱하여 동서를 분간하지 못할 지경이다. 좌우를 살펴보니 아득히 높은 산봉우리가 첩첩이 둘렀고 큰바다 물결이 넘실거려 정신이 얼얼하다.

특자가 이것을 보고 속으로 생각한다.

'내가 아까 방안에 들어왔거늘 산은 무슨 산이며 물은 어인 물인고.'

어리둥절하여 갈 곳을 알지 못하는데 문득 피리 소리 들리기에 살펴보니 푸른 옷을 입은 어린 소년이 백학을 타고 공중을 날아다니며 부른다.

"너는 어떤 사람이기에 이 깊은 밤에 비수를 품고 누구를 해치려 하느냐?"

특자가 대답하기를,

"너는 분명 길동이로구나. 나는 너희 부형의 명령을 받아 네 목숨을 앗으러 왔노라."

하고 비수를 들어 던지니 갑자기 길동은 간데없이 사라지고 차가운 바람이 불더니 벽력이 진동하며 사방에 살기가 가득하다.

특자는 마음속으로 크게 겁을 내면서도 칼을 찾으며 생각하기를,

'내 남의 재물을 욕심내다가 죽을 곳에 빠졌으니 누구를 원망하고 누구를 탓하리.'

하며 깊이 탄식한다.

이윽고 길동이 나타나 비수를 들고 공중에서 위엄을 갖추어 말한다.

"필부*는 들으라. 네 재물을 탐하여 죄없는 사람을 죽이고자 하는구나. 이제 너를 살려 두면 장차 죄없는 사람이 수없이 상하겠으니 어찌 살려 보내리."

이 말을 듣고 특자가 애걸한다.

"과연 소인의 죄가 아니라 공자 댁의 초 낭자가 꾸민 일이니 바라옵건대 가련한 목숨을 구하시어 잘못을 고쳐 새 사람이 되게 하소서."

길동이 더욱 분을 이기지 못하여,

"네 간악함이 하늘에 사무쳐 오늘 내 손을 빌려 악한 무리를 없애게 함이라."

하고 말을 마치면서 특자의 목을 치고 신장을 호령하여 동대문 밖에 있는 관상쟁이 여자를 잡아다가 죄를 묻는다.

"네 요망한 년이 재상가에 출입하며 죄없는 사람을 상하게 하니 네 죄를 아느냐?"

관상쟁이 여자는 제 집에서 자다

팔괘진(八卦陣) 팔괘를 이용하여 제갈 공명이 만들었다는 진법. 줄여서 팔진이라 함.
이허중(離虛中) 팔괘의 하나인 이괘(離卦)의 이름.
감중연(坎中連) 팔괘의 하나인 감괘(坎卦)의 이름.
진하연(震下連) 팔괘의 하나인 진괘(震卦)의 이름.
태상절(兌上絶) 팔괘의 하나인 태괘(兌卦)의 이름.
건삼연(乾三連) 팔괘의 하나인 건괘(乾卦)의 이름. 서남방에 위치.
손하절(巽下絶) 팔괘의 하나인 손괘(巽卦)의 이름. 동남방에 위치.
곤삼절(坤三絶) 팔괘의 하나인 곤괘(坤卦)의 이름. 서남방에 위치.
간방(艮方) 이십사 방위의 하나. 서남방에 위치.
간상연(艮上連) 팔괘의 하나인 간괘(艮卦)의 이름. 동북방에 위치.
필부(匹夫) 신분이 낮은 하찮은 사내를 부르는 말.

가 바람과 구름에 싸여 어디로 가는지도 모른 채 아득한 하늘을 떠 왔는데 갑자기 길동이 꾸짖는 소리를 듣고 애걸한다.

"이는 다 소녀의 죄가 아니오라 초 낭자의 가르침이오니 바라건대 인자하신 마음으로 죄를 너그러이 용서하소서."

길동이 다시 꾸짖기를,

"초 낭자는 내게는 어머니뻘 되는 분이라 내가 그 죄를 따지지 못하려니와 너 같은 악종을 내 어찌 살려 두리오. 내 너를 죽여 뒷사람을 징계하리라."

하고 칼을 들어 머리를 베어 특자의 주검 옆에 던지고 분한 마음을 걷잡지 못하여 바로 대감께 나아가 이 변고를 아뢰고 초 낭자를 베려고 하다가 문득 생각하기를,

'남이 나를 해치려 할지언정 내 어찌 남을 해코지하리.'

하고 또

'내 한때의 분으로 어찌 인륜을 끊으리오.'

하고 바로 대감이 자는 침소에 나아가 뜰 아래 엎드린다.

이 때 대감이 잠에서 깨어 문밖에 인기척이 있음을 이상히 여겨 창을 열고 보니 길동이 뜰 아래 엎드려 있으므로 물으신다.

"밤이 이미 깊었거늘 네 자지 아니하고 무슨 까닭으로 이러느냐?"

길동이 울며 대답한다.

"집안에 흉한 변이 있어 목숨을 부지하고자 도망하여 나가오니 대감께 하직하러 왔나이다."

대감이 놀라 생각해 보니 반드시 무슨 까닭이 있는 것이 분명하다.

"무슨 일인지 날이 새면 알려니와 지금은 돌아가 자고 분부를 기다려라."

그러나 길동이 엎드린 채 다시 말씀드린다.

"소인이 지금 집을 떠나가오니 대감께서는 건강하옵소서. 소인이 다시 뵈올

기약이 아득하옵니다."

대감이 헤아리되 길동은 보통 아이가 아니라 말려도 듣지 않을 줄 짐작하고 물으신다.

"네 이제 집을 떠나면 어디로 갈 셈이냐?"

길동이 엎드려 대답하기를,

"목숨을 지키려고 도망하여 천지로 집을 삼고 나가오니 어찌 정한 곳이 있겠습니까마는 평생 원한이 가슴에 맺혀 풀 날이 없으니 더욱 설워하나이다."

하거늘 대감이 위로하여 말하기를,

"오늘부터 네 원을 풀어 줄 것이니, 네 나가 사방에 떠돌아다닐지라도 부디 죄를 지어 부형에게 화가 미치지 않게 하고 하루라도 빨리 돌아와 내 마음을 위로하여라. 여러 말 아니하니 부디 깊이 생각하여라."

하시니 길동이 일어나 다시 절하고 말씀드린다.

"아버님께서 오늘 소자의 오랜 소원을 풀어 주시니 이제 죽어도 한이 없겠습니다. 황공무지하오나 엎드려 바라건대 아버님은 오래오래 평안히 계시옵소서."

이렇게 하직 인사를 올리고 나와 곧바로 어머니가 자는 방으로 들어가 어머니께 집 떠날 일을 말씀드린다.

"소자 이제 목숨을 도망하여 집을 떠나오니 모친은 불효자를 생각지 마시고 계시면 소자 돌아와 뵈올 날이 있을 것입니다. 달리 염려 마시고 부디 조심하시어 귀하신 몸을 보중하소서."

그러고는 초랑이 꾸민 일을 처음부터 끝까지 낱낱이 말하니 그 어미 자세히 들은 후에 길동을 말리지 못할 줄 알고 탄식하며 타이른다.

"네 이제 나가 잠깐 화를 피하고 어미 낯을 보아 빨리 돌아와 내가 실망하여 마음에 병이 되는 일이 없게 하라."

다짐하여 말하고 못내 서러워하니 길동이 무수히 위로하며 눈물을 거두어 하직한다. 문밖에 나서니 넓고 넓은 천지간에 한 몸을 기댈 곳이 없다. 길동은 깊이 탄식하며 발길 닿는 대로 떠나간다.

이 무렵 부인은 자객을 길동에게 보낸 줄 아시고 밤이 새도록 잠을 이루지 못하고 무수히 탄식하시니 큰아들 길현이 어머니를 위로한다.

"소자도 내키지 않으나 마지못해 한 일이오니 저 죽은 후라도 어찌 한이 없겠습니까? 제 어미를 더욱 잘 보살펴 일생을 편하게 해주고 저의 시신을 후히 장례하여 불쌍하고 안타까운 마음을 만분지 일이나 덜까 하나이다."

모자가 서로 달래고 위로하며 밤을 지낸다. 이튿날 아침 초랑은 날이 밝도록 별당에서 소식이 없으므로 이상하게 생각하여 사람을 보내 살펴보게 한다.

"길동은 간데없고 목 없는 주검 둘이 방안에 거꾸러져 있는데, 자세히 보니 바로 특자와 관상쟁이 여자입니다."

사람이 다녀와서 전하는 말을 듣고 초랑은 크게 놀라 급히 안방에 들어가 이 사연을 부인께 말씀드린다. 부인도 크게 놀라 큰아들 길현을 불러 길동을 찾게 하였으나 끝내 거처를 알 수가 없다. 하는 수 없이 대감을 오시게 하여 자초지종을 아뢰며 죄를 청하니 대감이 크게 꾸짖는다.

"집안에서 이런 엄청난 일을 꾸몄으니 장차 화가 끝이 없으리로다. 간밤에 길동이 찾아와서 집을 떠난다고 하직하기로 무슨 일인지 몰라 의아해하였는데, 차마 이런 일이 있을 줄은 짐작도 못 하였도다."

너무도 엄청난 일에 대감도 크게 놀라며 초랑을 꾸짖어 내쫓는다.

"네 앞순*에 괴이한 말을 자아내기로 꾸짖고 그런 말을 다시 내지 말라 하였거늘 네 끝내 마음을 고치지 않고 집안에서 이렇듯 변을 일으키니 지은 죄를 따지면 죽음을 면치 못하리라. 어찌 집안에 두고 보리오."

그런 다음 하인을 불러 두 주검을 남이 모르게 치우게 하고 마음 둘 곳을 몰라 안절부절못하며 날을 보낸다.

도적 무리의 수령이 되다

이 때 길동이 집을 떠나 사방으로 돌아다니다가 어느 날 한 곳에 이르렀다. 겹겹이 둘러선 봉우리는 하늘에 닿은 듯하고 초목이 무성하여 동서를 분간하지 못하는 중에 해는 뉘엿뉘엿 기울고 인가도 없으니 나아갈 수도 없고 돌아갈 길도 없다. 한동안 주저하다가 문득 한 곳을 바라보니 이상하게 생긴 바가지 하나가 시냇물에 떠내려 온다. 그것을 보고 인가가 있는 줄 짐작하고 시냇물을 따라 몇 리를 들어가니 산천이 열린 곳에 수백 채의 인가가 서 있다. 길동이 마을에 들어가니 한 곳에 수백 명이 모여 잔치를 벌이고 술상이 어지러운데 무슨 일을 두고 의논이 분분하다.

원래 이 마을은 도적의 소굴인데 이 날 마침 장수를 정하려고 서로 의논하는 중이다. 길동이 그들이 주고받는 말을 듣고 마음속으로 헤아린다.

'내 갈 곳 없는 몸으로 우연히 이곳에 이르렀으니 이는 하늘이 내게 지시하신 일이로다. 몸을 녹림*에 붙여 장부의 큰 뜻을 펴리라.'
하고 여러 사람 앞에 나아가 이름을 밝히고 말한다.

"나는 경성 홍 승상의 아들로 사람을 죽이고 도망하여 사방을 떠도는 중인데 오늘 하늘이 지시하사 우연히 이곳에 이르렀으니 녹림 호걸의 으뜸 장수가 되라는 뜻인가 하오. 그대들의 생각은 어떠하오?"

모든 사람이 술에 취하여 바야흐로 의견이 여러 갈래라 결정을 내리지 못하고 있는데, 뜻밖에 난데없는 총각 아이가 들어와 스스로 수령이 되겠다고 나서니 서로 돌아보며 꾸짖는다.

"우리 수백 명이 하나같이 보통 사람보다 뛰어난 힘과 재

앞순: 열흘 전. 순(旬)은 열흘을 헤아리는 단위.
녹림(綠林): 중국 호북성(湖北省) 당양현(當陽縣)에 있는 산 이름. 중국 전한(前漢) 말에 왕망(王莽) 이 신(新)나라를 세우자 이에 반대하는 왕광(王匡)·왕봉(王鳳) 등이 반민을 모아 이곳에서 관군과 대항하여 싸웠다. 이 일에서 유래하여 도적의 소굴을 일컫는 말로 쓰인다.

주를 지녔으되 지금 두 가지 일을 이룰 사람이 없어 수령 정하기를 미루고 있거니와 너는 어떤 아이기에 감히 우리 잔치 자리에 끼여들어 말이 이렇듯 건방지느냐? 목숨을 불쌍히 여겨 살려 보내니 빨리 돌아가라."
하고 등 떠밀어 내치거늘 길동이 문밖에 나와 큰 나무를 꺾어 글을 쓰되,

　　용이 얕은 물에 잠겼으니 물고기와 자라가 침노하며
　　범이 깊은 숲을 잃으매 여우와 토끼의 조롱을 받도다.
　　오래지 아니하여 풍운을 얻으면 그 변화 측량하기 어려우리로다.

하였다. 한 군사가 그 글을 베껴 자리에 돌아가 바치니 윗자리에 앉은 한 사람이 그 글을 보다가 여러 사람에게 의견을 묻는다.
"그 아이 거동이 예사롭지 않을 뿐 아니라 더욱이 홍 승상의 아들이라 하니 그를 불러들여 재주를 시험한 후에 처치하는 것도 해롭지 아니할 것이다."
모든 사람이 응낙하여 즉시 길동을 불러 자리에 앉히고 이른다.
"지금 우리 의논이 두 가지이다. 하나는 이 앞에 초부석이라고 하는 돌이 있는데 무게가 천 근이 넘어 우리 가운데는 쉽게 들 사람이 없는 것이다. 둘째는 경상도 합천 해인사에 수만 금의 재물이 있는데 그 절을 치고 재물을 빼앗으려 하나 중이 수천 명이나 있어 성사시킬 묘책이 없는 것이다. 네가 이 두 가지 일을 능히 이루어 낸다면 오늘부터 장수로 모시겠다."
길동이 이 말을 듣고 웃으며 대답하기를,
"대장부가 세상에 처함에 마땅히 위로 하늘의 이치에 통달하고 아래로 땅의 이치를 살피며 인의를 중히 여길 것이니 어찌 이만한 일을 겁내리?"
하고는 즉시 팔을 걷고 그곳에 나아가 초부석을 들어 팔 위에 얹고 수십 걸음을 가다가 도로 그 자리에 놓되 힘에 겨운 기색이 조금도 없으니 모든 사람이
"실로 장사로다."

첫 번째 거사

하고 크게 칭찬하고 즉시 길동을 윗자리에 앉히고 술을 권하며 장수라고 일컬으며 칭찬이 분분하다. 길동이 군사에게 명하여 흰 말을 잡아 피를 마시며 맹세할 때 여러 군사에게 호령하기를,

"우리 수백 명은 오늘부터 생사고락을 함께할 것이니 만일 약속을 배반하고 영을 어기는 자가 있으면 군법으로 다스릴 것이다."

하니 모든 군사가 한꺼번에 영을 듣고 즐거워한다.

며칠 후에 여러 군사에게 분부하기를,

"내 합천 해인사에 가서 묘책을 세우고 오겠다."

하고 양반 댁의 글방 도련님 차림으로 나귀를 타고 종자 몇 명을 거느리고 가니 영락없는 재상의 자제다.

해인사에 미리 사람을 보내 전갈하기를,

"경성 홍 승상 댁의 아들이 공부하러 오신다."

하니 절의 중들이 소식을 듣고 의논하기를,

"재상 자제가 절에 거처하시면 힘이 적지 않게 들 것이다."

하고 모두 동구 밖에 나가 맞아들여 인사하니 길동이 흔연히 절 안에 들어가 자리에 앉은 후에 여러 중을 대하여 말한다.

"내 들으니 이 절이 경성에서도 유명하므로 소문을 높이 듣고 먼 길을 헤아리지 아니하고 한번 구경도 하고 공부도 하려고 왔으니 너희도 괴롭게 생각하지 말고 절에 머무는 잡인을 모두 내보내라. 내 아무 고을의 사또를 만나 쌀 이십 석을 보낼 것이니 아무 날 음식을 장만하라. 내 너희와 더불어 승속의 구분을 버리고 함께 먹은 후에 그 날부터 공부하리라."

삼십팔

여러 중이 황공하여 명을 받든다.

길동은 절 안을 두루 다니며 살핀 후에 돌아와 도적 군사 수십 명을 시켜 쌀 이십 석을 보내며 "아무 관아에서 보냈다"고 하라고 이른다. 중들이 어찌 도적의 흉계를 알리오. 혹시나 분부를 어길까 걱정하며 그 쌀로 즉시 음식을 장만하며 한편으로는 절 안에 머무는 잡인을 다 내보낸다.

약속한 날에 길동이 여러 도적에게 분부하되,

"나는 이제 해인사에 가서 중들을 다 묶어 놓을 것이니 너희는 근처에 숨어 있다가 한꺼번에 절에 들어와 재물을 가지고 내가 일러 주는 대로 하되 부디 영을 어기지 말라."

하고 건장한 하인 십여 명을 거느리고 해인사로 향한다.

이 때 중들이 모두 동구 밖에 나와 기다리고 있거늘 길동이 들어가 분부하기를

"절에 있는 중들은 늙고 젊고 간에 한 사람도 빠지지 말고 모두 절 뒤의 계곡으로 모이라. 오늘은 너희와 함께 종일 배부르게 먹고 놀 것이다."

하니 중들이 먹고 논다는 것도 좋으려니와 분부를 어기면 혹시라도 죄가 될까 걱정하여 한꺼번에 수천 명의 중이 모두 계곡에 모이니 절은 텅텅 비었다. 길동이 윗자리에 앉고 중들을 차례대로 앉힌 후에 각각 상을 받아 술도 권하며 즐기다가 이윽하여 밥상을 들인다. 이 때 길동이 소매에서 모래를 꺼내어 몰래 입에 넣고 씹으니 돌 깨지는 소리에 여러 중이 어쩔 줄을 몰라 쩔쩔맨다.

길동이 크게 화를 내며,

"내가 너희와 더불어 승속의 구분을 버리고 즐긴 후에 머물며 공부하려 하였더니 이 버릇없는 중들이 나를 업수이 보고 음식을 이렇게 성의 없이 만드니 괘씸하기 짝이 없도다."

하고는 데려간 하인을 호령하여 중들을 일제히 묶으라 하며 재촉이 성화 같다. 하인들이 한꺼번에 달려들어 절의 중들을 묶는데 조금도 사정을 두지 않는다.

이 때 도적들이 동구 밖에 숨어 있다가 이 낌새를 알아채고 한꺼번에 달려들어 창고를 열고 수만 금의 재물을 제 것 가져가듯 소와 말에 싣고 간다. 그러나 중들은 온몸이 묶여 꼼짝을 할 수 없으니 막을 길이 없고, 다만 입으로 원통하다고 외치는 소리에 동네가 무너지는 듯하다.

 이 때 절의 목공이 여기에 참여하지 않고 절을 지키고 있었는데 난데없는 도적이 들어와 창고를 열고 절 안의 재물과 곡식을 제 것 가져가듯 하므로 급히 도망하여 합천 관가에 가서 고발하였다. 합천 사또가 놀라서 한편으로는 관의 아전과 종들을 보내고 한편으로는 관군을 뽑아 쫓아가게 한다.

 도적들이 재물을 싣고 소와 말을 몰고 나서며 멀리 바라보니 수천 명의 군사가 바람같이 쫓아오는데 먼지가 하늘에 닿는 듯하다. 그것을 보고 도적들이 크게 겁을 내어 어쩔 줄을 모르며 오히려 길동을 원망하거늘 길동이 웃으며 말한다.

 "너희가 어찌 내 깊은 뜻을 알리오. 걱정 말고 남쪽 큰길로 가라. 내 저기 오는 관군을 북쪽 샛길로 가게 할 것이다."

 말을 마치고 법당에 들어가 중의 장삼*을 입고 고깔*을 쓰고 높은 봉우리에 올라가 관군을 불러 위로하며 말한다.

 "도적이 북쪽 샛길로 갔으니 이리로 오지 말고 그쪽으로 가서 잡으십시오."

 이렇게 말하고 장삼 소매를 휘날리며 북쪽 샛길을 가리키니 관군이 오다가 남쪽 길을 버리고 늙은 중이 가리키는 대로 북쪽 샛길로 간다. 그제야 길동이 내려와 축지법을 써서 도적을 이끌고 마을로 돌아오니 도적들이 다투어 칭찬한다.

> 장삼(長衫) 검은 베로 만든 길고 소매가 넓은 중의 옷.
> 고깔 중이 머리에 쓰는 건(巾)의 한 가지. 이등변삼각형을 배접한 베조각을 둘로 꺾어 접어서 다시 이등변 삼각형이 되게 하되 터진 두 변에서 밑변만 남기고 다른 변은 붙게 하여 만듦. 주로 중의 상좌가 쓰는데, 무당이나 농학하는 사람이 쓰기도 하고 과거에는 사헌부와 의금부의 금창·나장 등의 하급 관리도 썼음.

활빈당의 탄생

　이 때 합천 사또가 관군을 몰아 도적을 쫓았으나 흔적을 찾지 못하고 돌아오매 온 읍이 소란하다. 이 일을 감영에 보고하니 감사가 듣고 놀라 각 읍에 공문을 보내 도적을 잡으라고 하였으나 끝내 흔적을 찾지 못하니 온 도가 소란하고 분주하다.

　하루는 길동이 도적들을 불러 의논한다.
　"우리가 비록 녹림에 몸을 붙였으나 다 나라의 백성이다. 대대로 이 나라의 은혜를 입고 살았으니 만일 나라가 위태로운 시절을 당하면 마땅히 싸움터에 나아가 목숨을 바쳐 임금을 도와야 할 것이니 어찌 병법을 익히지 않겠는가? 내게 무기를 갖출 묘책이 있으니 아무 날 함경도 감영 남문 밖에 있는 능 근처에 마른 풀을 운반해 두었다가 그날 밤 삼경에 불을 지르되 능에는 해가 미치지 않게 하라. 나는 남은 군사를 거느리고 기다리다가 감영에 들어가 무기와 곡식을 빼앗으리라."
　약속을 정한 후에 그 날이 되자 군사를 두 패로 나누어 한 패는 마른 풀을 옮기게 하고 한 패는 길동이 거느리고 숨어 있다. 이윽고 삼경이 되어 능 근처에서 불길이 하늘로 치솟아 오르는 것을 보고 길동이 급히 들어가 관아의 문을 두드리며 소리친다.
　"능에 불이 났습니다. 빨리 불을 끄소서."
　감사가 잠결에 이 소리를 듣고 놀라서 일어나 보니 과연 능이 있는 쪽에서 불길이 치솟는다. 하인을 거느리고 나가며 한편으로 군사를 뽑으니 성 안이 물 끓듯 소란하다. 백성들까지 다 능으로 가고 성 안은 텅 비어 늙은이와 병든 이만 남았다. 길동이 이 때를 틈타 도적들을 거느리고 한꺼번에 달려들어 창

고에 있던 곡식과 무기를 빼앗고는 축지법을 써서 눈 깜짝할 사이에 마을로 돌아왔다.
　감사가 불을 끄고 돌아오니 창고를 지키던 군사가 아뢴다.
　"도적이 들어와 창고를 열고 무기와 곡식을 모두 빼앗아 갔나이다."
　감사가 크게 놀라 사방으로 군사를 보내 도적을 잡으려 하되 흔적이 없다. 이에 큰 변고인 줄 알고 나라에 보고하였다.
　이 날 밤에 길동이 마을에 돌아와 잔치를 베풀고 즐기며 말한다.
　"우리는 이제부터 백성의 재물을 뺏지 말고 각 읍의 수령*과 방백* 중에 백성을 착취하는 자의 재물을 빼앗아 불쌍한 백성을 구할 것이니 우리 무리의 이름을 활빈당(活貧黨)이라고 하겠다."
　이어서 다시 말하기를,
　"함경 감영에서 무기와 곡식을 잃고 우리가 간 곳을 알지 못하여 그 때문에 억울한 사람이 수없이 해를 입을 것이다. 내가 죄를 짓고 억울한 백성에게 그 화가 돌아가게 한다면 사람은 비록 알지 못하더라도 천벌이 두렵지 않으랴."
하고 즉시 감영 북문에 이런 방을 써 붙였다.
　"창고의 곡식과 무기를 도적한 것은 활빈당 장수 홍길동이다."
　하루는 길동이 생각하기를,
　'내 팔자가 기구하여 집에서 도망하여 몸을 녹림 호걸에 붙였으나 이는 본래 내 뜻이 아니다. 입신양명하여 위로는 임금을 도와 백성을 건지고 부모에게 영화를 보일 것이거늘, 남이 업수이 여기는 것을 분하게 여겨 이 지경에 이르렀으니 차라리 이 길로 나아가 큰 이름을 얻어 후세에 전하리라.'
하고 짚으로 허수아비 일곱을 만들어 각각 군사 오십 명씩을 거느리고 팔도로 나누어 보내는데, 각각 혼백을 불어넣어 조화가 끝이 없으니 군사들이 아무리 보아도 어느 도로 간 것이 진짜 길동인지 알 수가 없다. 각각 팔도를 다니며 의롭지 못한 사람의 재물을 앗아서 불쌍한 사람을 구제하고 수령의 뇌물을 빼앗고 창고를 열어 백성에게 나누어 주니 도마다 소동이 벌어진다. 창고를 지키는 군사는 잠을 이루지 못하고 지키나 길동의 수단이 한번 움직이면 비가 오고 바람이 세차게 불며 구름과 안개가 자욱하여 하늘과 땅을 분별하지 못하니, 지키는 군사는 마치 손을 묶은 듯이 막을 방법이 없다.

이렇게 팔도에 돌아다니며 난을 일으키면서 '활빈당 장수 홍길동' 이라고 분명히 밝히지만 아무도 그 흔적을 찾지 못한다. 이러므로 팔도 감사가 하나같이 임금께 보고문을 올린다. 임금께서 보시니 팔도 감사의 보고가 한결같다.

"홍길동이란 도적이 구름을 부르고 바람을 일으켜 각 읍에서 난을 일으키되 아무 날에는 이러이러한 고을의 무기를 훔쳐 가고, 어느 때는 아무 고을의 창고에 있는 곡식을 빼앗되, 이 도적의 자취를 잡지 못하여 황공하옵니다."

임금께서 매우 놀라 팔도에서 온 공문의 날짜를 자세히 살펴보니 길동이 나타난 날이 같은 달 같은 날이었다. 임금께서 크게 걱정하시며 한편으로 전국의 각 읍에 명을 내리시어,

"양반과 상민을 가리지 않고 만일 이 도적을 잡는 사람에게는 큰 상을 내릴 것이다."

하시고 팔도에 어사를 내려 보내어,

"민심을 어루만지고 이 도적을 잡으라."

하신다.

길동을 잡으라는 어명이 내리다

수령(首領) 원(員) 조선시대에 각 고을을 맡아 다스리던 부윤(府尹)·목사(牧使)·부사(府使)·군수(郡守)·현감(縣監)·현령(縣令)을 통틀어 일컬음.

방백(方伯) 조선시대 각 도를 다스리던 관찰사.

그 후로는 길동이 어떤 때는 쌍교*를 타고 다니며 수령을 마음대로 쫓아내고, 또 어느 때는 창고를 모두 열어 백성에게 나누어 주며, 죄인을 잡아들이고 옥문을 열어 죄없는 사람은 풀어 주기도 한다. 그러나 각 읍에서는 끝내 그 종적을 모른 채 도리어 소란하고 허둥대기만 하여 온 나라가 시끄럽다.

임금께서 크게 노하시어 신하들에게 물으신다.

"이 어떤 놈이기에 한 날에 팔도에 나타나 이같이 소란하게 하는고? 나라를 위하여 이놈을 잡을 자가 없으니 참으로 한심하도다."

이 때 한 신하가 나서며 아뢴다.

"신이 비록 재주가 없으나 한 무리의 군사를 주시면 홍길동이란 도적을 잡아 전하의 근심을 덜게 하겠나이다."

모두 보니 곧 포도대장 이흡이다. 임금께서 기특하게 여기시고 날랜 군사 천 명을 주시니 이흡이 즉시 임금께 절하고 그 날로 길을 나선다. 과천을 지나자 이흡이 군사를 나누어 각각 다른 길로 가게 하며 다시 모일 날짜와 장소를 정해 준다.

"너희는 이리로 가고 너희는 저리로 가서 몇 월 며칠에 문경으로 모이라."

그런 다음 스스로 군복을 벗고 평상복으로 갈아입고 홍길동의 자취를 더듬으며 다닌다. 여러 날이 지나 한 곳에 이르렀을 때 마침 날이 저물어 주점에 들어가 쉬는데 한 소년이 나귀를 타고 동자 여럿을 거느리고 들어온다. 자리에 앉은 후에 이름과 사는 곳을 서로 말한 다음 이야기를 나누는데, 소년이 탄식하며 말한다.

"하늘 아래 왕의 영토 아닌 곳이 없고 온 나라 백성 중에 왕의 신하 아닌 자가 없는데, 이제 홍길동이란 흉한 도적이 팔도에 난을 일으켜 민심을 어지럽히므로 전하께오서 크게 노하시어 팔도에 사람을 보내어 잡으라 하시되 끝내 잡지 못하니 분하고 원통한 마음은 온 나라가 한가지오. 나 같은 사람도 약간의 재주가 있어 이 도적을 잡아 전하의 근심을 덜어 드리고자 하나 힘이 넉넉하지 못하고 뒤를 도울 사람이 없으니 안타깝소이다."

이업이 그 소년의 모습을 보고 말을 들으니 참으로 씩씩하고 의로운 남자다. 마음으로 기뻐하고 감탄하며 나아가 손을 잡고 말한다.

"그대의 말이 참으로 장하오. 충성과 의리를 갖춘 사람이로구려. 내 비록 재주가 짧으나 죽기로써 그대의 뒤를 도울 것이니 나와 함께 이 도적을 잡는 것이 어떠하겠소?"

소년이 그 말을 듣고 또한 칭찬하며 말한다.

"말씀이 그러하시니 이제 저와 함께 가서서 재주를 시험하고 홍길동이 있는 곳을 알아냅시다."

이업이 그 말을 받아들이고 소년을 따라서 깊은 산속으로 들어가니, 갑자기 소년이 몸을 솟구쳐 높은 절벽 위에 올라 앉으며 말한다.

"나를 힘껏 차 보시오. 그러면 그대의 힘을 알 수 있겠습니다."

이업이 있는 힘을 다하여 소년을 차니 소년이 몸을 돌려 앉으며 말한다.

"장사로소이다. 이만하면 홍길동 잡기는 걱정할 것이 없겠습니다. 그 도적이 지금 이 산속에 있습니다. 제가 먼저 들어가 엿보고 올 것이니 그대는 여기서 제가 돌아올 때까지 기다리십시오."

이업이 소년의 말을 따라 그곳에서 기다리고 있는데 이윽하여 괴상하게 차린 군사 수십 명이 머리에 누런 수건을 쓰고 오며 큰소리로 외친다.

"네가 포도대장 이업이냐? 우리는 염라대왕의 명을 받아 너를 잡으러 왔노라."

말을 마치고는 한꺼번에 달려들어 쇠사슬로 묶어 가니 이업은 얼

쌍교(雙轎) 쌍가마. 말 두 필이 각각 앞뒤 채를 메고 가는 가마로 고관이 도성 밖에서 주로 탔음.

이 빠져 그곳이 땅속인지 땅 위인지 분간도 못 하고 끌려간다. 잠깐 만에 한 곳에 이르니 굉장한 기와집이 있는데 마치 대궐같이 웅장하다.

이엄을 잡아 뜰에 꿇어앉히니 전상에서 죄를 묻는 소리가 나며 꾸짖는다.

"네 감히 활빈당 장수 홍길동을 가벼이 보고 잡겠노라 큰소리쳤느냐? 홍 장군이 하늘의 명을 받아 팔도에 다니며 탐관오리의 재물과 비리로 모은 재물을 앗아 불쌍한 백성을 구하거늘 너희 놈이 나라를 속이고 임금께 없는 죄를 꾸며 아뢰어 사람을 해치고자 하느냐? 저승에서 너 같은 간사한 무리를 잡아다가 다른 사람을 경계하려 하니 원망하지 말라."

그러고는 황건역사*에게 명한다.

"이엄을 잡아 지옥에 보내 다시는 세상에 나가지 못하게 하라."

그 말을 듣고 이엄이 머리를 땅에 두드리며 용서를 빈다.

"과연 홍 장군이 각 읍에 다니며 어지럽게 하여 민심을 어수선하게 하시므로 임금께서 크게 노하셨습니다. 이런 까닭에 신하 된 자가 가만히 앉아 있지 못하여 상감의 명을 받들어 잡으러 나왔으니 불쌍한 인간의 죄없는 목숨을 너그러이 살려 주옵소서."

수없이 애걸하니 좌우에 있던 사람들과 전상에 있던 사람이 그 하는 짓을 보고 크게 웃으며 군사를 시켜 묶은 것을 풀어 주게 한다. 이엄을 전상에 앉히고 술을 권하며 말하기를,

"그대 머리를 들어 나를 보라. 나는 곧 주점에서 만난 사람이요, 그 사람이 바로 홍길동이라. 그대 같은 사람은 수만 명이라도 나를 잡지 못할 것이다. 그대를 꾀어 이리 오게 한 것은 우리의 위엄을 보게 하여 다음에 또 그대처럼 감히 나를 잡겠노라 큰소리치는 사람이 있으면 그대로 하여금 말리게 하려 함이로다."

하고는 또 두어 사람을 잡아들여 뜰에 꿇어앉히고 죄를 묻는다.

* 황건역사(黃巾力士): 귀신이 부리는 군사. 머리에 누런 띠를 두르고 힘이 몹시 세다고 함.

"너희 모두 목을 벨 것이로되 이미 이업을 살려 돌려보내므로 너희도 풀어 주겠다. 돌아가 다시는 홍 장군 잡을 생각을 하지 말라."

그제야 이업이 사람인 줄을 아나 부끄러워 아무 말도 못 하고 머리를 숙이고 가만히 있을 뿐이다.

이슥히 앉았다가 잠깐 졸았는데 문득 정신을 차리고 보니 몸이 움직이지 않고 눈앞이 캄캄하여 아무것도 보이지 않는다. 죽을 힘을 다하여 겨우 벗어나고 보니 가죽 부대에 들어 있다. 그 앞에 또 가죽 부대 두 개가 달렸거늘 풀러 보니 어젯밤에 함께 잡혀 갔던 사람이다. 그들은 다름아닌 문경으로 보낸 군사였다.

이업은 어이가 없어 웃음이 난다.

"나는 어떤 소년에게 속아서 이러저러하였거니와 너희는 어찌 된 일이냐?"

군사들도 서로 어이없는 웃음을 웃으며 대답한다.

"소인들은 어느 주점에서 잤는데 어찌하여 이곳에 오게 되었는지 알지 못하나이다."

말을 마치고 주위를 살펴보니 장안의 북악산이다. 이업이 군사들에게 명한다.

"허망한 일이로다. 삼가 이 일을 입 밖에 내지 말라."

이 때 길동의 수단이 신출귀몰하여 팔도를 마음대로 다니되 알아보는 사람이 없다. 수령에게 잘못이 있으면 어김없이 찾아내어 어사로 출두하여 먼저 목을 벤 후 임금께 보고하며, 각 읍에서 서울의 벼슬아치에게 보내는 뇌물을 낱낱이 빼앗으니 서울의 높은 벼슬아치들 마음이 조마조마하다. 어떤 날은 높은 벼슬아치가 타는 초헌*을 타고 서울 거리를 버젓이 다니며 장난하니 모든 백성이 서로 의심하여 웃지 못할 일이 많아 나라 안이 소란하다.

임금께서 크게 근심하시니 우 승상이 임금께 아뢴다.

"신이 듣기로 홍길동은 전에 승상을 지낸 홍모의 서자라 하오니 이제 홍모를 가두시고 그 형 이조 판서 홍길현을 경상 감사로 보내시어 날짜를 정해 그 때까지 홍길동을 잡아 바치게 하소서. 그리하면 제 아무리 불충하고 도리를 모르는 놈이라도 그 아비와 형의 낯을 보아 스스로 잡힐 것입니다."

임금이 이 말을 들으시고 즉시 홍문을 금부*에 가두라 하시고 길현을 불러들이신다.

이 무렵 홍 승상은 길동이 한번 떠난 뒤로 소식이 없어 어디에 있는지도 모른 채 머지않아 무슨 일이 있을까 걱정하다가 천만 뜻밖에도 길동이 나라의 도적이 되어 이렇듯 나라를 어지럽히므로 놀란 마음을 가누지 못한다. 이 일을 미리 나라에 보고하기도 어렵고 모르는 체 앉아 있기도 어려운 일이라 이러지도 못하고 저러지도 못해 마음만 졸이다가 끝내 병이 되어 자리에 누워 일어나지 못한다. 큰아들 길현이 이조 판서가 되었는데 아버지의 병이 깊으므로 말미를 얻어 집에 돌아와 옷도 벗지 않은 채 아버지의 병수발을 들고 있다. 이런 까닭에 조정의 조회에 나가지 않은 지 이미 한 달이 넘었으므로 조정에서 일어나는 일을 알지 못하는데 문득 법관이 임금의 명을 받들고 나왔다. 승상을 감옥에 가두고 판서를 들라 하신다 하니 온 집안이 두렵고 두려워 허둥지둥이다.

판서가 대궐에 나가 죄를 기다리는데 임금께서 말씀하신다.

"경의 서제* 길동이 나라의 도적이 되어 이토록 나라를 소란하게 하니 죄를 따지자면 무거운 벌을 내림이 마땅할

길현, 경상 감사로 부임하다

초헌(軺軒): 종 2품 이상의 벼슬아치가 타는 수레. 긴 줏대에 한 개의 바퀴가 달렸고 앉는 자리는 의자같이 생겼으며, 위는 꾸미지 않았음.

금부(禁府): 의금부(義禁府). 조선 왕조 때 임금의 명령을 받아 죄인을 문초하는 일을 한 관아.

서제(庶弟): 어머니가 다른 아우.

것이다. 그러나 내 경의 죄를 용서하나니 이제 경상도에 내려가 길동을 잡아 홍씨 가문이 화를 당하는 일이 없게 하라."

길현이 엎드려 아뢴다.

"천한 아우가 일찍이 사람을 죽이고 도망하여 나갔사오매 간 곳을 몰랐는데, 이렇듯 큰 죄를 지으니 신의 죄 마땅히 죽음을 내리실 일이로되 이제 너그러이 용서하오시니 바다같이 넓으신 은혜 갚을 길이 없사옵니다. 하오나 신의 아비 나이 팔십에 천한 자식이 나라의 도적이 되었으므로 이 일로 병을 얻어 몸을 가누지 못하나이다. 엎드려 바라옵건대 전하께오서는 바다 같은 은덕을 내리시어 신의 아비로 하여금 집에 돌아가 병을 다스리게 하시면 신이 내려가 서제 길동을 잡아 전하께 바치겠나이다."

임금께서 그 효성에 감동하시어 홍문은 집으로 보내어 병을 다스리게 하시고 길현을 경상 감사에 임명하시고 날짜를 정하여 그 날까지 길동을 잡아들이라 하신다. 판서가 임금의 은혜에 깊이 감사드리고 경상도에 내려가 각 읍에 행차하여 구석구석 길동을 찾는 방을 붙이니 내용이 이러하다.

무릇 사람이 어미 배에서 나매 오륜*이 있으니 오륜 가운데 임금과 어버이가 으뜸이라. 사람이 되어 오륜을 버리면 사람이 아니라 하나니 이제 너는 지혜와 식견이 보통 사람보다 뛰어나거늘 이를 모르니 어찌 애달프지 아니하리오. 우리 집안이 대대로 나라의 은혜를 입어 자자손손이 녹을 받으니 두렵고 삼가는 마음으로 충성을 다하여 나라의 은혜에 보답하려 하는데, 우리에게 이르러 너로 말미암아 장차 역적의 이름이 어디까지 이를지 모르게 되었으니 어찌 다만 한심할 뿐이겠느냐? 어느 시댄들 나라를 어지럽히는 간사한 신하와 가문을 더럽히는 불효한 자식이 없으랴마는 우리 집안에서 나올 줄은 참으로 뜻하지 못하였도다. 너의 죄로 인하여 전하께서 크게 노하시어 마땅히 죽음을 내리실 것이로되 갈수록 두터운 은혜를 내리시어 죄를 더하지 아니하시고 나에게 명하여 너를 잡으라 하시니 두려운 마음에 도리어 몸둘 바를 모르는도다. 팔십이 넘으신 아버지께서 너로 하여 밤낮으로 걱정하시다가 네 이렇듯 변고를 지어 나라에 죄를 얻으니 놀라신 마음에 병이 되어 이제는 일어나지 못하게 되셨다. 만일 아버지께서 너로 인하여 세상을 버리시면 네 살아서도 역적의 이름을 얻고 죽어 지하에 간들 길이길이 불충 불효한 죄를 씻지 못할 것이요, 또한 그 남은 우리 가문이 원통하지 아니하겠느냐? 너는 소견이 넉넉한 아이이거늘 어찌 이런 일을 생각하지 못하느냐? 네 이 죄를 가지고 세상에 용납될진대 비록 사람은 용서할지라도 하늘의 밝은 이치로 어찌 천벌이 없으랴. 이제 마땅히 천명을 순순히 받들어 조정의 처분을 기다릴 뿐이니 또 어찌하리오. 네 일찍 돌아오기를 바라노라.

감사는 부임한 뒤에 모든 일을 제쳐 두고 임금의 근심과 부친의 병세를 염려하여 걱정으로 날을 보내며 혹시 길동이 찾아올까 기다리는데, 하루는 하인이 아뢴다.

"어떤 소년이 밖에 와 사또를 뵙고자 하옵니다."

곧바로 맞아들이니 그 사람이 섬돌 위에 엎드려 죄를 청한다. 감사 이상히 여겨 까닭을 물으니 대답하기를,

"형님께서는 어찌 아우 길동을 모르십니까?"

하므로 감사가 크게 기뻐하며 길동의 손을 잡아 이끌어 방으로 들어가 주위 사람을 물리고 한숨 지으며 말한다.

"이 철없는 아이야. 네 어려서 집을 떠난 후에 이제야 만나니 반가운 마음에 도리어 슬프도다. 네 그러한 재주와 능력으로 어찌 이렇듯 불미한 일을 즐겨 하여 아비와 형의 은혜와 사랑을 끊게 하느냐? 시골 구석의 어리석은 백성도 임금에게 충성하고 어버이에게 효도할 줄을 아는데 너는 타고난 성품이 총명하고 재주 뛰어나 보통 사람과 크게 다르니 더욱 효도하고 충성하여야 마땅할 것인데, 몸을 그른 데에 빠뜨려 보통 사람보다 오히려 못하니 어찌 한심하지 않으

오륜(五倫) 사람이 지켜야 할 다섯 가지 도리. 임금과 신하 사이에는 의리가 있어야 하고(君臣有義), 부모와 자식 사이에는 친함이 있어야 하고(父子有親), 부부 사이에는 분별이 있어야 하고(夫婦有別), 나이 든 이와 젊은이 사이에는 차례가 있어야 하고(長幼有序), 친구 사이에는 믿음이 있어야 한다(朋友有信)는 것.

랴. 아버지와 나는 네 총명함을 보고 마음으로 깊이 자랑스럽게 여겼는데, 도리어 걱정만 끼치느냐? 네가 충성을 다하고 의리를 지켜 죽을 곳에 가더라도 아버지와 나는 못내 안타까워할 터인데, 하물며 역적의 이름을 쓰고 죽게 되니 나는 물론이요 아버지 마음이 어떠하시겠느냐? 나라의 법이 사정이 없으니 아무리 구하려 하여도 얻지 못할 것이니 너를 위하여 서러워한들 무슨 소용이 있으랴. 너는 아버지와 형의 낯을 보아 죽기를 각오하고 왔으나 나는 두렵고 슬픈 마음이 너 아니 본 때보다 더하는구나. 너는 네 스스로 지은 죄니 하늘과 사람을 원망하지 못하여도 아버지와 나는 눈앞에서 네가 죽는 것을 보게 되었으니 운명을 탓할 수밖에 없구나. 네 어찌 이를 깨닫지 못하고 이렇듯 큰 죄를 지었느냐? 천년을 거슬러 올라가 보아도 일찍이 생사의 이별이 오늘 밤같이 쓰라린 일이 없었을 것이다."

길동이 눈물을 흘리며 말한다.

"이 못난 동생 길동이 본래 아버지와 형님의 가르침을 듣지 않으려 함이 아니오라 팔자가 기구하여 천한 몸으로 태어남을 평생 한탄하였습니다. 더욱이 집안에서 저를 시기하는 사람을 피하여 정처 없이 다니다가 천만 뜻밖에 도적의 무리에 섞여 잠시 몸을 붙인 것이 죄가 여기에 이르렀습니다. 하오니 내일 저를 잡은 연유를 자세히 써 올리시고 저를 묶어 나라에 바치십시오."

두 사람은 그 동안의 이야기를 주고받으며 밤을 보낸다. 날이 밝자 감사는 길동을 쇠사슬로 묶어 보내는데, 엄숙하고 슬픈 얼굴로 하염없이 눈물을 흘린다.

이 때 팔도에서 다 각기 길동을 잡았다는 글을 보내고 길동을 나라에 올렸다. 그러니 사람마다 이상하게 생각하고 구경하는 사람으로 길이 메어 수를 헤아릴 수 없을 지경이다.

길동, 한양으로 압송되다

　임금께서 친히 납시어 여덟 길동을 직접 심문하시는데 여덟 길동이 서로 다투어 말한다.
　"네가 무슨 길동이냐? 내가 진짜 길동이로다."
　서로 팔을 뽐내며 한데 어우러져 뒹구니 도리어 구경거리가 되었다.
　조정의 신하들과 좌우 나장*이 모두 어느 것이 진짜 길동인지를 알지 못하므로 신하들이 임금께 아뢴다.
　"자식을 가장 잘 아는 것은 아비라 하였으니 이제 홍아무개를 부르시어 그 서자 길동을 알아내라고 하옵소서."
　임금께서 그 말을 옳게 여겨 즉시 홍아무개를 불러오게 한다. 승상이 임금의 명을 받아 나와 엎드리니 임금께서 명을 내리신다.
　"경이 일찍이 한 명의 길동을 두었다고 하더니 이제 여덟이 되었소. 이것이 어찌 된 까닭인지 경이 자세히 밝혀 국법을 어지럽히지 않게 하시오."
　승상이 울면서 아뢴다.
　"신이 행실을 올바로 지키지 못하여 천첩을 가까이 한 죄로 천한 자식을 두어 전하의 근심이 되옵고 조정이 어지러우니 신의 죄 만 번 죽어 마땅하옵니다."
　늙은 얼굴에 눈물을 비같이 흘리며 다시 길동을 꾸짖는다.
　"네 아무리 불충 불효한 놈이라도 위로 상감께서 친히 납시어 계시고 버금 아래로 아비가 있거늘 눈앞에서 임금과 아비를 놀리니 불측한 죄 더욱 크도다. 빨리 형벌을 받고 상감의 명을 순순히 받들라. 만일 그러지 아니하면 네 눈앞에서 내가 먼저 죽어 상감마마의 노하신 마음을 만분의 일이라도 더시게 하리라."

다시 임금께 아뢰기를,

　"신의 천한 자식 길동은 왼쪽 다리에 붉은 점이 일곱 개 있사오니 이것을 보고 가려내옵소서."

하니 여덟 명의 길동이 한꺼번에 바지를 걷고 일곱 개의 점을 다투어 자랑한다. 승상이 어느 것이 진짜인지를 가리지 못하고 두렵고 근심하는 마음을 이기지 못하여 기절하여 넘어진다. 임금께서 놀라시어 급히 명하여 구완하라고 하시나 정신을 차리게 할 방법이 없다. 그것을 보고 여덟 명의 길동이 제각기 옷섶에서 대추 같은 알약 두 개씩을 꺼내어 서로 다투어 승상의 입에 넣으니 두 시각 후에 정신을 차린다.

　여덟 명의 길동이 울면서 아뢴다.

　"신의 팔자가 기구하여 홍아무개의 천한 몸종의 배를 빌려 태어났사오매 아비와 형을 마음놓고 부르지 못하고, 아울러 집안에 시기하는 자가 있어 목숨을 지키지 못하게 되었으므로 몸을 산속에 붙여 초목과 함께 늙으려 하였습니다. 그러나 하늘이 저를 미워하시어 도적의 무리에 빠졌사오나 일찍이 백성의 재물은 털끝만큼도 뺏은 바 없고 수령의 뇌물과 의롭지 못한 놈의 재물을 앗아 먹고, 어쩌다 나라의 곡식을 훔쳐먹었사오나 임금과 아비가 하나라 하오니 자식이 아비 것을 먹음이라, 이를 어찌 도적이라 하오리까. 어린 자식이 어미 젖을 먹는 것과 같다 할 것이옵니다. 일이 여기에 이른 것은 조정의 소인배가 전하의 총명을 가리어 없는 죄를 꾸며서 아뢴 죄요 신의 죄는 아니옵니다."

　임금께서 매우 노하시어 꾸짖어 말씀하신다.

　"네 죄없는 사람의 재물은 빼앗지 않았다고 하면 합천 절의 중을 속이고 그 재물을 도적질하였고, 또 능에 불을 지르고 무기를 훔쳤으니 이보다 큰 죄가 또 어디 있느냐?"

나장(羅將): 조선 시대에 의금부에 소속되어 죄인에게 매를 치는 일을 맡은 종. 일곱 가지 천한 일 중의 하나.

길동들이 엎드려 아뢴다.

"불도(佛道)라는 것이 세상을 속이고 백성을 미혹하게 하며 논밭을 갈지 않고 백성의 곡식을 취하며, 베를 짜지 아니하고 백성의 의복을 속여 취하며, 부모에게서 물려받은 머리카락을 마음대로 잘라 오랑캐 모양을 하며, 임금과 어버이를 버리고 세상을 등지니 의롭지 못하기가 이보다 더한 무리가 없사옵니다. 무기를 가져간 것은 신들이 산속에 있으면서 병법을 익히다가 만일 나라가 큰일을 당하면 돌과 화살이 날아오는 싸움터에 나아가 임금을 도와 태평을 이루고자 함이었으니, 불을 지르되 능에는 불길이 가지 않게 하였사옵니다. 또한 신의 아비는 대대로 나라의 녹을 받아 충성을 다해 나라의 은혜에 보답하여 임금의 은혜를 만분의 일이라도 갚기를 바라옵고 또 바라옵는데 신이 어찌 외람되이 버릇없는 마음을 두겠사옵니까? 죄를 따지더라도 죽기까지는 아니할 것이로되 전하께옵서 조정 신하들이 꾸며서 아뢰는 말을 듣삽고 이렇듯 노여워하시므로 신이 형벌을 기다리지 아니하옵고 먼저 스스로 죽사오니 노여움을 더옵소서."

말을 마치고 여덟 길동이 한데 어우러져 죽으므로 모두 이상하게 생각하고 자세히 보니 진짜 길동은 간데없고 짚으로 만든 허수아비 일곱 개뿐이다. 임금께서 길동이 이처럼 속임수를 쓴 죄를 더욱 노엽게 여기시어 경상 감사에게 조서*를 내려 길동 잡기를 더욱 재촉하셨다. 이 때 경상 감사는 길동을 잡아 올리고 마음 둘 데가 없어 감영의 공무를 모두 폐지하고 서울 소식만 기다리고 있는데, 문득 임금의 교지*가 내려왔다. 감사가 대궐이 있는 북쪽을 향해 네 번 절하고 펴 보니 이렇게 씌어 있다.

"길동을 잡지 아니하고 허수아비를 보내어 법정을 어지럽게 하니 헛된 일로 임금을 속인 죄를 면하지 못할 것이로다. 아직은 죄

조서(詔書) 임금의 뜻을 널리 알리기 위해 만든 문서.
교지(敎旨) 임금의 명을 적은 문서. 임금이 내리는 관원의 임명장도 교지라고 함. 여기서는 앞의 뜻.

병조 판서에 오르다

를 묻지 아니하나니 열흘 안으로 길동을 잡으라."

글 뜻이 매우 엄하므로 감사는 두려운 마음에 사방으로 다니며 길동을 찾는다.

어느 날 밤 달이 매우 밝아 난간에 기대 섰는데 선화당* 들보* 위에서 한 소년이 내려와 땅에 엎드리며 두 번 절하므로 자세히 보니 바로 길동이다. 감사가 길동을 꾸짖어 말한다.

"네 갈수록 죄를 키워 끝내 가문에 화를 끼치려 하느냐? 지금 나라에서 너 잡아들이란 명이 매우 엄하니 너는 나를 원망하지 말고 순순히 명을 받들어라."

길동이 엎드려 대답한다.

"형님께서는 걱정하지 마시고 내일 저를 잡아 보내시되 군졸 가운데 부모와 아내와 자식이 없는 자를 골라 저를 데려가게 하시면 저에게 좋은 계책이 있습니다."

감사가 그 까닭을 알고자 하나 길동은 대답하지 아니한다. 감사가 길동의 속셈을 알지 못하나 길동 데려갈 사람을 제 말대로 특별히 고르고 길동을 서울로 올려 보낸다.

조정에서는 길동이 잡혀 온다는 말을 듣고 뛰어난 포수 백 명을 남대문 밖에 숨겨 두고 이른다.

"길동이 문 안에 들어오거든 한꺼번에 총을 놓아 잡으라."

한편 길동은 풍우같이 잡혀 오고 있었지만 어찌 이 낌새를 모르랴. 동작 나루를 건너며 비 우(雨) 자 셋을 써서 공중에 날려 보낸다. 마침내 길동이 남대문 안에 들어가자 양쪽에 숨어 있던 포수들이 한꺼번에 총을 쏘는데 총구에 물이 가득하여 총알이 터지지 않으니 헛일이 되고 말았다.

일행이 대궐 문밖에 다다르자 길동이 자기를 데리고 온 군사들을 돌아보고 말한다.

"너희는 나를 호송하여 여기까지 왔으니 그 죄가 죽지는 아니하리라."

말을 마치고 몸을 날려 몇 리 앞에 내려서서 여유 있게 걸어간다. 다섯 군문*의 기병이 말을 달려 길동을 잡으려 하였으나 길동은 한양으로 가고 말은 아무리 채찍을 휘둘러 몰아도 따라가지 못하니 성 안의 백성이 그 신기한 수단을 칭찬하지 않는 사람이 없다.

이 날 사대문에 글을 써 붙였는데 내용이 이러하다.

"홍길동의 평생 소원이 병조 판서이오니, 전하께옵서는 바다 같은 은혜를 드리우셔서 소신을 병조 판서에 봉한다는 교지를 내리시면 신이 스스로 잡힐 것이옵니다."

이 일을 조정에서 의논할 때 어떤 사람은 저의 소원을 들어 주어 백성의 마음을 안정시키자고 하고, 어떤 사람은 말하기를,

"불충하고 도리를 모르는 도적으로 나라에 조그마한 공이 없고 도리어 만백성을 어지럽게 하며 전하께 근심을 끼치는 놈에게 어찌 한 나라의 대사마*를 주리오."

하여 의견이 분분할 뿐 결정을 내리지 못한다.

한편 길동은 하루는 동대문 밖의 으슥한 곳에 가서 둔갑술에 뛰어난 신장을 호령하여,

"진을 치고 싸울 준비를 하라."

하니 이윽고 공중에서 두 장수가 내려와 허리를 굽히고 머리를 조아리며 양옆에 선다. 그러자

선화당(宣化堂) 조선 시대 각 도의 관찰사가 공무를 집행하던 정당(正堂).

들보 우리 나라 전통 가옥에서 간(間)과 간 사이의 두 기둥을 가로질러 도리와는 ㄱ자 모양, 마룻대와는 ㅏ자 모양을 이루는 나무보.

다섯 군문(軍門) 임진왜란 이후 정립된 다섯 군영. 훈련도감(訓鍊都監)·어영청(御營廳)·총융청(摠戎廳)·금위영(禁衛營)·수어청(守禦廳)을 말하며 주로 수도를 중심으로 한 지역의 수비를 맡았다.

대사마(大司馬) 병조 판서를 예스럽게 부르는 말.

다시 어디에서 오는지 알 수 없는 수많은 군사가 나타나 순식간에 진을 이루고 그 안에 황금단을 삼층으로 묻고 길동을 단 위에 모시니 그 모양이 질서 정연하고 위엄이 서릿발 같다.

　황건역사를 호령하여,

　"조정에서 길동을 참소하는 자의 심복을 잡아들이라."

한다. 신장이 명령을 받들고 가더니 이윽한 후에 십여 명을 쇠줄로 묶어 들이는데, 그 모양이 소리개가 병아리를 채 오는 듯하다. 단 아래에 꿇리고 죄를 묻는다.

　"너희는 조정의 좀이 되어 나라를 속여 구태여 홍길동 장군을 해치고자 하니 그 죄 마땅히 목을 벨 것이로되 목숨이 불쌍하여 용서하노라."

　그러고는 각각 곤장 삼십 대씩을 쳐서 내보내니 겨우 죽음을 모면하였다.

　길동이 또 한 신장에게 분부한다.

　"내 몸이 조정에 올라 법을 잡으면 먼저 불법(佛法)을 없애고 각 도의 사찰을 헐어 없애려 하였는데, 이제 오래지 아니하여 조선을 떠날 것이다. 그러나 부모의 나라라, 만리 타국에 있어도 잊지 못할 것이다. 지금부터 각 절에 가서 세상을 어지럽게 하고 백성을 속이는 중놈을 모조리 잡아 오라. 또한 서울에 있는 재상의 자식이 권세를 끼고 힘없는 백성을 속여 재물을 뺏고 의롭지 못한 일을 저지르며 교만한 마음을 품은 자가 적지 않다. 그러나 궁궐이 깊어 상감의 밝은 덕이 골고루 미치지 못하고 간신이 나라의 좀이 되어 성상의 총명을 가리니 한심한 일이 매우 많다. 장안에서 행세하는 호당*의 무리를 낱낱이 잡아들이라."

　신장이 명령을 받들고 공중으로 날아가더니 얼마가 지난 후에 중놈 백여 명과 서울의 양반 자제 십여 명을 잡아 온다.

호당(湖堂) 독서당(讀書堂)의 별칭. 문신 중에서 쉽고 재주 있는 사람을 뽑아 공부하게 한 곳. 임금의 명을 받은 사람만 들어갈 수 있었으며, 이곳을 거치면 문관으로서의 장래가 보장되었다.

길동이 위엄을 갖추고 호령 소리를 높여 각각 죄를 추궁한다.

"너희는 다시 세상을 보지 못하게 할 것이로되 내 몸이 나라의 명을 받아 국법으로 잡은 것이 아니므로 당장은 용서하는 바이다. 그러나 오늘 이후로 만일 고치지 아니하면 너희가 비록 수만 리 밖에 있어도 잡아다가 목을 벨 것이니라."

이렇게 꾸짖고 호되게 벌을 내린 다음 진문 밖으로 내친다.

길동이 소와 양을 잡아 군사를 배불리 먹이고 진용을 가지런히 하여 함부로 떠들지 못하게 하니 맑은 하늘에 햇빛이 고요하고, 팔진을 친 영웅들의 호령이 엄숙하다. 길동이 술을 내려 흠뻑 취한 후에 칼을 잡아 춤을 추니 칼날이 번쩍이며 햇빛을 희롱하고 펄럭이는 소매는 가벼이 공중에서 날린다. 이윽고 날이 저무니 진세를 풀고 신장을 각각 돌려보낸 뒤 몸을 날려 활빈당 처소로 돌아왔다.

이후 길동을 잡으라는 영이 더욱 급하되 종적을 찾지 못한다. 그런 중에도 길동은 도적의 군사를 보내어 전국 각지에서 장안으로 가는 뇌물을 빼앗고 불쌍한 백성이 있으면 창고의 곡식을 내어 구제하며, 신출귀몰하는 재주를 사람이 헤아리지 못할 정도다. 임금께서 근심하시어 탄식하시기를,

"이놈의 재주가 사람의 힘으로는 잡지 못할 것이로다. 이렇듯 민심이 술렁거리고, 그 재주가 뛰어나니 차라리 그 재주를 취하여 조정에 두리라."

하시고, 병조 판서 직첩을 내어 걸고 길동을 부르시니 길동이 초헌을 타고 하인 수십 명을 거느리고 동대문으로 들어오거늘 병조의 하인이 호위하여 대궐에 이르렀다. 길동이 깊이 머리 숙여 절하고 아뢴다.

"천은이 망극하여 분수에 넘치는 은택으로 대사마에 오르니 망극하온 신의 마음이 성은을 만분의 일도 갚지 못할까 황공하나이다."

하고 돌아갔다. 이후로는 길동이 다시 작란하는 일이 없으므로 각 도에 길동

잡으라는 영을 거두어들였다.

    삼 년이 지난 어느 날 임금께서 내관을 거느리고 달빛을 구경하시는데 하늘에서 한 선관(仙官)이 오색 구름을 타고 내려와 땅에 엎드린다. 임금께서 놀라서 이르시기를,
"귀인이 누추한 곳에 오시어 무슨 허물을 깨우쳐 주려 하시나이까?"
하시니, 그 사람이 말씀드린다.
"소신은 전 병조 판서 홍길동이옵니다."
임금이 놀라시어 길동의 손을 잡고 말씀하신다.
"그대 그 동안은 어디를 갔더뇨?"
길동이 아뢰기를,
"산속에 있었사온데 이제 조선을 떠나 다시 전하를 뵈올 날이 없을 듯하와 하직코자 왔사옵니다. 바라옵건대 전하께옵서는 넓으신 덕과 은혜를 드리우셔서 벼 삼천 석만 주시면 수천 명의 목숨이 살아나겠사오니 성은을 바라나이다."
한다. 임금께서 허락하시고 다시 말씀을 내리신다.
"네 고개를 들라. 얼굴을 보고자 하노라."
길동이 얼굴을 들되 눈을 뜨지 아니하고 말씀드린다.
"신이 눈을 뜨오면 놀라실까 하여 뜨지 아니하나이다."
길동이 얼마 동안 임금을 모시다가 구름을 타고 가며 하직 인사를 드린다.
"전하의 넓으신 덕으로 벼 삼천 석을 주시니 성은이 더욱 망극하옵니다. 벼를 내일 서강*으로 운반하여 주옵소서."

길동이 떠나가자 임금께서는 한참 동안 공중을 바라보시며 길동의 재주를 못내 아까워하셨다.

다음 날 대동 당상*에 하교하시어 벼 삼천 석을 서강으로 운반하라 하시니 신하들이 그 까닭을 알지 못해 의아해 하였다. 벼를 서강으로 가져가니 강 위로 배 두 척이 떠 와서 벼 삼천 석을 싣고 간다.

길동이 배 위에서 대궐을 향해 네 번 절하고 하직하니 가는 곳을 아는 사람이 없다.

길동은 삼천 명이나 되는 도적의 무리를 거느리고 드넓은 바다로 떠내려가다가 성도라는 섬에 이르러 그곳에 창고를 짓고 궁실을 지어 무리를 편히 살게 하였다. 군사들에게 농업에 힘쓰게 하고 여러 나라에 다니며 무역에 힘쓰는 한편 무예를 숭상하며 병법을 가르쳤다.

이렇게 삼 년이 지나니 무기가 충분히 갖추어지고 군량이 산같이 쌓였으며 군사는 강하여 대적할 이가 없게 되었다.

하루는 길동이 사람들을 모아 놓고 말하기를,

"내 망당산*에 들어가서 화살 촉에 바를 약을 캐어 오리라."

하고 길을 떠났다.

망당산 근처의 낙천현*이라는 마을에 만석꾼 부자가 있는데 이름을 백용이라고 했다. 아들이 없고 딸 하나를 두었는데 덕이 두텁고 용모가 빼어나게 아름다웠다. 물속을 헤엄치는 물고기같이 부드럽고 모래밭에 내려앉는 갈매기같이 날렵한 맵시다. 그 아름다운 모습에는 달도 얼굴을 붉히고 꽃도 부끄러워 고개를 숙이는 듯하다. 옛 책을 두루 익혀 이백과 두보의 글솜씨를 가졌으며 아름다운 모습은 장강*을 비웃는 듯하고 여자의 덕행을 골고루 익혀 태사*를 본받으니 말 한 마디 행동 하나하나가 예절에 맞았다. 그 부모가 극진히 사랑하여 널리 훌륭한 사윗감을 찾고 있는 중에 나이 열여덟 살이 되던 해에 하루는 비바람이 심하게 몰아쳐서 한 치 앞을 볼 수 없게 되고 뇌성벽력이 진동하더니 백 소저 간곳없이 사라졌다. 백용 부부가 놀라고 당황하여 천금을 흩어 사방으로 찾아보되 종적이 없다.

백용은 마치 실성한 사람처럼 거리에 다니며 딸을 찾다가 방을 붙였는데,

"아무 사람이든지 자식이 있는 곳을 알아 가르쳐 주면 사위를 삼고 재산의 반을 주리라."

하였다.

이 때 길동이 망당산에 들어가 약을 캐다가 날이 저물어 길을 찾지 못하고 방황하는데 문득 한 곳을 바라보니 불빛이 비치며 여러 사람이 들레는 소리가 난다. 인가가 있는 줄 알고 반가워 그곳으로 찾아가니 수백의 무리가 모여 뛰놀며 즐기고 있다. 자세히 보니 모양은 사람 모양을 하였으나 사람이 아니고 짐승이다. 마음에 이상한 생각이 들어 몸을 감추고 그 거동을 살펴보니 울동이라는 짐승이다. 길동이 가만히 활을 잡고 제일 윗자리에 앉은 우두머리를 쏘니 곧바로 가슴에 맞는다. 울동이 매우 놀라 크게 소리를 지르고 달아나거늘 길동이 쫓아가 잡으려 하다가 밤이 이미 깊었으므로 옆에 있는 소나무에 의지하여 밤을 지냈다. 다음날 날이 밝은 뒤에 살펴보니 그 짐승이 피를 흘렸으므로 핏자국을 따라 몇 리를 들어가니 큰 집이 있는데 매우 웅장하다.

문을 두드리니 군사가 나와 길동을 보고 묻는다.

"그대는 어떤 사람이기에 이곳에 왔느뇨?"

길동이 대답하기를,

　"나는 조선 사람으로 이 산에 약을 캐러 왔다가 길을 잃고 이곳까지 왔노라."

하니 그 짐승이 반기는 기색으로 말한다.

　"그대 의술을 아시오? 우리 대왕이 새로이 미인을 얻고 어젯밤 잔치를 하며 즐기시는데, 난데없는 화살이 날아와 우리 대왕의 가슴을 맞히어 지금 대왕께서 목숨이 위태로운 지경에 이르렀소. 이제 다행히 그대를 만났으니 만일 의술을 알거든 우리 대왕의 병을 낫게 해주오."

　길동이 대답하기를,

　"내 비록 편작*과 같이 뛰어난 의술을 익히지 못했지만 웬만한 병은 어렵지 않게 고칠 수 있소이다."

하니 그 군사가 크게 기뻐하며 안으로 들어가더니 잠시 후 들어오라고 한다. 길동이 들어가 자리에 앉으니 그 우두머리 짐승이 신음하며 말한다.

　"내 명이 언제 죽을지 모를 지경인데, 하늘이 도우시고 귀신이 보살피사 선생을 만났으니 좋은 약을 가르쳐 남은 목숨을 이어가게 하소서."

　길동이 상처를 살펴보고 나서 대답한다.

　"이는 어렵지 않은 병이로다. 내게 좋은 약이 있으니 한번 먹으면 상처에 이로울 뿐만 아니라 오래오래 건강하게 살게 될 것이오."

　그 말에 을동이 크게 기뻐하며 간청한다.

　"내가 스스로 몸을 삼가지 못하여 스스로 화를 불러 목숨이 황천에 돌아가게 되었는데 하늘이 도우시고 귀신이 살피시어 명의를 만났으니 선생은 어서 약

장강(莊姜) 중국 춘추 시대 위나라 장공의 아내로 성은 강(姜)씨. 매우 아름다웠으나 아이를 낳지 못했다.

태사(太姒) 중국 고대의 성왕으로 일컬어지는 주나라 문왕의 아내. 훌륭한 덕을 갖추어 여인의 본보기가 되는 인물인 문왕의 어머니 태임(太妊)과 함께 임사라고 불리며 우리나라 고전 소설에서 흔히 여인의 덕을 상징하는 인물로 자주 인용된다.

편작(扁鵲) 중국 전국 시대의 이름난 의사. 발해군(渤海郡) 정(鄭)나라 사람으로 이름은 월인(越人).

을 시험하소서."

 길동이 비단 주머니에서 약 한 봉지를 내어 술에 타 주니 그 짐승이 받아 마시고는 잠시 후 몸을 뒤척이며 크게 소리 지른다.

 "내 너에게 원수 진 일이 없거늘 무슨 일로 나를 해쳐 죽이려 하느뇨?"

 그러고는 제 동생들을 불러서 이른다.

 "천만 뜻밖에도 흉한 도적을 만나 목숨이 끊어지게 되었으니 너희는 이놈을 놓치지 말고 내 원수를 갚으라."

 말을 마치고 바로 죽으니 모든 을동이 한꺼번에 칼을 들고 내달으며 길동을 꾸짖는다.

 "무슨 죄로 내 형을 죽였느냐? 내 칼을 받으라."

 그러나 길동은 차갑게 웃으며 대꾸한다.

 "제 명이 그것뿐이지 내가 어찌 죽였으리?"

 을동이 더욱 화를 내며 칼을 들어 길동을 치려 한다. 길동이 맞서 싸우고자 하나 손에 조그만 쇠붙이 하나도 없으니 형세가 매우 위급하다. 하는 수 없이 몸을 날려 공중으로 달아난다.

 그런데 을동은 본래 만년 묵은 요귀라, 바람과 비를 부리고 조화가 헤아릴 길이 없다. 수많은 요귀가 바람을 타고 따라 올라온다. 길동이 하는 수 없어 육정 육갑을 부르니 갑자기 공중에서 수많은 신장이 내려와 모든 을동을 묶어 땅에 꿇린다. 길동이 한 놈의 칼을 빼앗아 을동의 목을 다 베고 다시 집안으로 들어가 여자 셋을 죽이려 하니 그 여자들이 울며 하소연한다.

 "저희는 요귀가 아닙니다. 불행히 요귀에게 잡혀 와 스스로 목숨을 끊고자 하였으나 틈을 얻지 못하여 죽지도 못하였습니다."

 길동이 여자의 이름을 물으니 하나는 낙천현 백용의 딸이요, 두 여자는 모두 양인의 딸이다.

세 여자를 아내로 맞이하다

길동이 세 여자를 데리고 돌아와 백용을 찾아 이 일을 자세히 말하니 백용의 기쁨은 하늘에 닿을 듯이 크다. 평생 사랑하던 딸을 찾았으므로 온 마음으로 기뻐하며 많은 돈을 들여 크게 잔치를 베풀고 마을 사람을 모두 모아 길동을 사위로 삼으니 사람들이 한결같이 칭찬하는 소리가 진동한다.

또 백 소저와 함께 잡혀 갔다 살아온 처녀의 아비들이 길동을 청하여 고마운 마음을 전하며 말한다.

"크나큰 은혜를 갚을 길이 없으니 저희 딸을 시첩*으로 바칠까 합니다."

길동이 나이 이십이 되도록 부부의 정을 모르다가 하루아침에 세 부인을 맞아 가까이 하니 애틋한 정에 서로 떨어질 줄을 모른다. 백용 부부가 또한 길동 사랑하기를 여느 사람이 사위 사랑하는 것과는 비할 길 없이 깊이 사랑한다.

길동이 세 부인과 백용 부부, 일가 친족을 모두 거느리고 성도로 들어가니 모든 군사가 강변에 나와 맞이하여 먼 길에 평안히 다녀옴을 즐거워한다. 길동 일행을 모시고 들어가 한바탕 큰 잔치를 열어 다 함께 즐기며 경사를 축하한다.

세월이 물같이 흘러 제도에 들어온 지 거의 삼 년이 지났다. 하루는 길동이 달빛을 사랑하여 달 아래 거닐다가 문득 천문을 살피니 아버지가 돌아가실 날이 가깝다. 이에 길동이 크게 소리내어 울므로 백씨 부인이 이상하게 여겨 묻는다.

"낭군이 평소 슬퍼하시는 일이 없더니 오늘은 무슨 일로 눈물을 흘리십니까?"

길동이 탄식하며 말한다.

"나는 천지간에 불효자요. 나는 본래 이곳 사람이 아니고 조선 홍 승상의 천첩 소생이오. 집안의 천대가 심하고 조정에도 나아가지 못하므로 장부의 울화를 참지 못하여 부모를 떠나 이곳에 와 살고 있으나 부모님을 사모하는 마음이야 떠날 때가 없었소. 그런데 오늘 천문을 살피니 오래지 않아 아버님께서 세상을 버리실 듯하오. 하나 내 몸이 만리 밖에 있어 미처 갈 수 없으니 생전에 아버님을 뵙지 못하게 되었으므로 서러워하는 것이오."

　백씨가 듣고 마음으로 크게 탄복하여 '그 근본을 감추지 않으니 장부로다' 하고 거듭 위로한다.

　이 때 길동이 군사를 거느리고 일봉산에 들어가 산세를 살펴 명당을 정하고 날을 잡아 역사*를 시작한다. 좌우 산골짜기와 무덤을 모두 임금의 능과 같이 하고 돌아와 모든 군사를 불러 이른다.

　"몇 월 며칠에 큰 배 한 척을 준비하여 조선 서강에 와서 기다리라."
하고는 다시
　"부모님을 모셔 올 것이니 미리 알아서 준비하라."
하니 모든 군사가 명을 받들고 물러가 그대로 거행한다.

　이 날 길동이 백씨와 두 부인을 하직하고 작은 배 한 척을 재촉하여 조선으로 향한다.

　한편 이 때 승상의 나이 구십인데, 홀연히 병이 들어 구월 보름 무렵에는 병세가 더욱 위독해졌다. 승상이 부인과 큰아들을 불러 타이른다.

　"내 나이 구십이라 이제 죽은들 무슨 한이 있겠느냐마는 길동이 비록 천하게 태어났으나 또한 내 골육인데, 한번 문 밖에 나간 뒤에는 살았는지 죽었는지 알지 못하고, 이제 죽음에 이르러서도 얼굴을 보지 못하니 어찌 슬프지 않으랴. 나 죽은 후라도 길동의 어미를 대접하여 편하게 해주고 부디 뒷날을 생각하여 만일 길동

부친상을 당하다

시첩(侍妾) 귀인의 시중을 드는 첩.
역사(役事) 토목이나 건축 등의 공사. 여기서는 묘를 만들기 위해 산소를 다듬는 작업을 말함.

이 들어오거든 천한 태생이라고 박대하지 말고 한 어머니 배에서 난 형제같이 여겨 부모의 유언을 저버리지 말라."

또 길동의 어미를 불러 가까이 앉으라 하며 손을 잡고 눈물을 흘리며 말한다.

"내 너를 잊지 못함은, 길동이 나간 후에 소식이 일체 없어 죽었는지 살았는지 모르니 내 보고 싶은 마음이 이같이 간절한데 네 마음이야 더욱 말할 것도 없으리라. 길동은 녹록한 인물이 아니니 만일 살았으면 너를 저버리지 않을 것이다. 그러니 부디 몸을 가벼이 버리지 말고 잘 보존하여 좋이 지내라. 내 황천에 돌아가도 눈을 감지 못하리로다."

말을 마치고는 곧바로 숨을 거두니 부인이 기절하고 좌우 다 슬퍼하여 울음소리가 진동한다. 길현도 슬픈 마음을 가누지 못하여 눈물이 비 오듯 한다. 길동의 어미는 더욱 슬퍼하여 애를 끊는 듯하니 그 모습이 슬프고 불쌍하여 차마 바로 보기 어렵다.

길현이 부인을 붙들어 위로하고 진정시킨 후에 초상 절차를 예의 범절에 맞추어 극진히 차린다. 졸곡*을 마친 후에 좋은 터를 찾아 안장하기 위해 여러 지관*을 데리고 묘터를 찾아 사방을 둘러보되 마땅한 곳이 없어 모두가 걱정하며 지낸다.

이 때 길동이 서강에 다다라 배에서 내려 승상 댁에 이르러 바로 승상의 영전에 들어가 엎드려 통곡하는데, 집안 사람들이 자세히 보니 바로 길동이다. 한바탕 곡을 한 후에 길동을 데리고 바로 내당에 들어가 부인을 뵈니 부인이 한편 놀라고 한편 기뻐하면서 길동의 손을 잡고 눈물을 쏟으며 말씀하시기를,

"네 어려서 집을 떠나 이제야 들어오느냐? 지난 일을 생각하면 내 너 보기 부끄럽도. 네 그 사이 삼사 년은 종적을 아주 끊고 어디로 갔더냐? 대감이 숨을 거두시면서 말씀이 이러이러하시고 너를 잊지 못하며 돌아가시니 어찌 원통하지 않으시리."

하시고 그 어미를 부른다. 길동의 어미는 길동이 온 줄 알고 급히 들어와 만나니 어미와 아들이 함께 흐르는 눈물을 주체하지 못한다. 길동이 어미와 부인을 위로하고 형에게 의논한다.

"소제*가 그 동안은 산속에 숨어 살며 지세를 깊이 살피다가 마침 대감의 말년 유택*을 정한 곳이 있습니다. 하나 혹시 이미 마음에 정하신 곳이 있는지 알 수 없어 의논드립니다."

그 형이 이 말을 듣고 매우 반가워하며 아직 정하지 못한 사정을 설명하고, 여러 사람이 모여 밤이 다하도록 그 동안 쌓인 이야기를 주고받으며 정을 나누었다.

이튿날 길동이 형을 모시고 한 곳에 이르러 손으로 가리키며 말한다.

"이곳이 소제가 정한 땅입니다."

길현이 사방을 살펴보니 첩첩이 쌓인 돌산인데 여기저기 오래된 무덤이 흩어져 있다. 마음에 마땅하지 못하여

"아우의 높은 재주와 깊은 뜻은 알지 못하거니와 나는 마음이 내키지 않는구나. 그러니 다른 땅을 가려 보아라."

하므로, 길동이 거짓으로 탄식하며

"이 땅이 비록 이러하오나 대대로 장군·재상이 날 땅이온데, 형님의 마음에 흡족하지 못하시다 하오니 애석한 일입니다."

하고 도끼를 들어 몇 자를 깨니 오색 기운이 일어나며 청학 한 쌍이 날아간다. 형이 이 모습을 보고 크게 뉘우치며 길동의 손을 잡고 말한다.

졸곡(卒哭) 장례 예절의 하나로 삼우(三虞)가 지난 뒤에 올리는 제사 때 수시로 곡을 하던 것을 마친다는 뜻. 졸곡이 지나면 아침 저녁 일정한 때에만 곡을 한다. 지금은 사람이 죽으면 대개 3일이나 5일 만에 장례를 끝마치지만 과거에는 대부(大夫)·벼슬을 지낸 사람는 3개월사(士:벼슬을 하지 않은 선비)는 1개월이나 있다가 장례를 지냈는데, 졸곡은 반드시 3개월 안에 지내야 한다.

지관(地官) 지술(地術)을 익혀 집터나 묏자리를 잡아 주는 사람. 풍수(風水)라고도 함.

소제(小弟) 동생이 형을 대하여 자신을 낮추어 부르는 말.

유택(幽宅) 사람이 죽은 다음에 들어가는 집이란 뜻으로 무덤을 말함.

칠십오

"어리석은 형이 천하에 없는 명당을 알아보지 못하여 잃었으니 어찌 애닮지 않으리. 달리 좋은 곳이 없겠느냐?"

길동이 말하기를,

"한 곳이 있기는 한데 길이 수천 리나 되니 그 때문에 걱정입니다."

하니 길현이

"이제 수만 리라도 부모의 백골이 평안한 곳이 있으면 어찌 멀고 가까움을 따지겠느냐?"

하므로 길동이 함께 집에 돌아와 부인께 그 말씀을 드리니 부인이 못내 애달파 하신다. 날을 잡아 대감의 영위*를 모시고 섬으로 향할 때 길동이 부인께 여쭙는다.

"소자 돌아와 모자의 정을 다 펴지 못하였고 또 대감 영위에 아침 저녁으로 음식을 올릴 일이 난처하오니 이번 길에 어미와 함께 가면 좋을까 하나이다."

부인이 허락하시므로 그 날 즉시 길을 떠나 서강에 다다르니 여러 군사가 큰 배 한 척을 대고 기다리고 있다. 상구*를 배에 모신 후에 짐을 싣고 온 노비들은 돌아가게 하고 형과 어미를 모시고 넓고 넓은 바다로 저어 나가니 어디로 가는지 짐작할 수가 없다. 여러 날이 걸려 섬에 이르러 상구를 대청 위에 모시고 날을 받아 일봉산*에 올라 장례를 모실 때 그 일하는 모습이 마치 임금의 능을 만드는 듯 대단하다. 그 형이 일개 재상의 신분으로 그 같은 묘를 쓰는 것이 외람되어 놀라고 두려워하니 길동이 형의 마음을 달래며 말한다.

"형님께서는 의심하지 마십시오. 여기는 조선 사람이 드나드는 곳이 아니며 자식이 정성으로 부모를 후히 장례하여 죄 될 것이 없습니다."

부친의 시신을 안장한 후에 섬에 돌아와 몇 달을 머무르다가 형이 고향으로 돌아가고자 하므로 길동이 길 떠날 채비를 차리며

영위(靈位) 상가(喪家)에서 모시는 혼백이나 신위(神位)·위패(位牌).

상구(喪柩) 영구(靈柩) 시체를 담은 관.

일봉산 실제의 지명이 아니고 소설 속에 나오는 허구의 지명.

율도국을 치고 왕위에 오르다

이별의 정을 나눈다.

"형님을 다시 뵈올 날이 막연합니다. 제 어미는 이미 이곳에 왔사오니 모자의 정으로 차마 떠나지 못하오며 형님께서는 대감을 생전에 모셨으니 한이 없으실 것입니다. 이제 돌아가신 뒤의 제사는 소제가 받들어 생전에 불효한 죄를 만분의 일이나마 덜까 합니다."

형제가 함께 산소에 올라 하직하고 내려와 길동의 어미와 백씨를 이별할 때 서로가 다시 만날 것을 당부하고 못내 아쉬워한다.

작은 배 한 척을 재촉하여 고국으로 향할 때 길현이 길동의 손을 잡고 말한다.

"슬프다. 이별이 오래겠구나. 아우는 내 사정을 살펴 생전에 대감 산소를 다시 보게 해주게."

말을 하며 하염없이 눈물을 흘려 옷깃을 적신다. 길동이 또한 눈물지으며 말한다.

"형님께서는 고국에 돌아가시어 부인을 모시고 오래오래 편안히 지내십시오. 다시 뵈올 기약을 정하지 못하오니 남북 수천 리에 형제의 정이 끊어지고 어느 때나 소식을 전할지 기약할 수 없으니 속절없이 북으로 가는 기러기를 탄식하며 동으로 흐르는 물을 바라볼 따름이옵니다. 수천 리 물길을 가운데 두고 서로 헤어지니 그 쓰라린 마음은 형님과 제가 한가집니다. 아무리 철석같은 마음이라도 어찌 슬프지 않겠습니까?"

하며 두 줄기 눈물이 말소리를 쫓아 떨어진다. 강물도 소리를 그치고 흐르는 구름마저 머무는 듯 차마 서로 떠나지 못하다가 이윽고 아쉬운 마음을 달래며 서로 위로하고 배를 띄워 떠나간다.

여러 달 만에 고국에 돌아온 길현은 어머니를 뵙고 산소에 관한 일과 그 동안 있었던 일을 하나도 빼지 않고 낱낱이 말씀드리니 부인도 못내 아쉬워하신다.

　형을 이별한 후에 길동은 군사들을 농업에 힘쓰게 하고 군법을 엄격히 시행하면서 그러구러 삼년상을 마쳤다. 양식이 넉넉하고 수만 군졸의 무예와 말 타고 달리는 법이 천하에 당할 자가 없이 씩씩하다.

　근처에 율도국이라는 나라가 있는데 중국을 섬기지 아니하고 수십 대를 두고 자손이 뒤를 이으니 임금의 덕이 두루 미쳐 나라가 태평하고 백성이 넉넉하다. 길동이 군사들에게 의논한다.

　"우리가 어찌 이 섬에만 갇혀 세월을 보내리오. 이제 율도국을 치고자 하는데 그대들은 생각이 어떠하느뇨?"

　여러 사람이 모두 반기며 원하지 않는 사람이 없다.

　즉시 날을 받아 군사를 내며 세 호걸로 선봉을 삼고 김인수로 후군장을 삼고 길동 스스로 대원수가 되어 중군을 지휘하니 기병이 오천이요 보졸이 이만이다. 북과 징*이 힘차게 울리고 군사들의 우렁찬 함성 소리에 강산이 진동하고, 수없이 날리는 깃발이며 칼과 창은 해와 달을 가리는 듯하다.

　군사를 재촉하여 율도국으로 향하니 그 기세를 본 율도국 군사들이 감히 맞설 생각을 못 하고 앞다투어 성문을 열고 항복한다. 겨우 몇 달 만에 칠십여 성을 함락하니 길동의 이름이 온 나라에 떨치었다.

　마침내 도성 밖 오십 리 되는 곳에 이르러 진을 치고 율도국 왕에게 항복을 권하는 문서를 보낸다.

　"의병장 홍길동은 율도국 왕께 삼가 글월을 드리노라. 나라는 한 사람이 오래 지키지 못하는 법이라. 이런 까닭으로 성탕*은 하걸*을 치고 주나라 무왕은 상

북과 징: 옛날 싸움터에서 군사를 지휘하기 위해 사용했다. 북은 군사를 나아가게 하기 위해 울리고 징은 싸우는 군사를 퇴각시키는 신호로 울렸다.

성탕(成湯): 중국 은나라의 시조인 탕(湯)임금. 하나라의 걸(桀)왕을 치고 천하를 다스렸다.

하걸(夏桀): 중국 하(夏)나라의 마지막 임금인 걸(桀)왕. 무도한 정치로 백성을 괴롭히다가 은나라 탕임금에게 정벌되었으며, 은나라의 주(紂)왕과 함께 폭군의 대명사로 불린다.

주*를 내치시니 다 백성을 위하여 어지러운 세상을 바로잡은 일이라. 이제 의병 이십만을 거느려 칠십여 성을 항복받고 여기에 이르렀으니 왕은 우리의 군사를 당할 만하거든 나와서 승부를 겨루고, 힘이 미치지 못하거든 일찍 항복하여 순순히 하늘의 뜻을 따르라."
하고 다시 위로하기를,
　"백성을 위하여 순순히 항복하면 한 고을을 맡겨 사직*을 망하지 않게 하리라."
하였다.
　이 때에 율도국 조정에서는 느닷없이 이름도 모르는 도적이 침략하여 칠십여 주를 항복받고 가는 곳마다 감히 맞서는 군사가 없어 마침내 도성을 침범하니, 비록 지혜로운 신하가 있으나 왕을 위해 좋은 계책을 내지 못하고 있는 터에 항복하라는 문서를 받고는 조정 신하들도 어쩔 줄 몰라 허둥대고 온 장안이 술렁거린다.
　신하들이 겨우 꾀를 내어 말한다.
　"성문을 나가 맞서 싸우면 적의 기세를 당하지 못할 것입니다. 싸우지 말고 도성을 굳게 지키면서 기병을 보내어 적의 뒤를 끊어 군수품과 군량미를 운반하지 못하게 하면 적병은 나서서 싸우지 못하고 물러갈 길도 없을 것입니다. 이렇게 되면 몇 달이 지나지 않아 적장의 목을 베어 성문에 높이 매달 수 있을 것입니다."
　이렇게 의논이 분분한데 성문을 지키던 군사가 급히 달려와 알린다.
　"적병이 벌써 도성 십 리 밖에 진을 쳤나이다."
　이 소식에 율도왕이 크게 화를 내어 날랜 군사 십만을 뽑아 친히 거느리고 나가 호수를 등지고 진을 쳤다.
　이 때에 길동이 율도왕의 진세를 살펴본 후에 여러 장수에게 명령한다.
　"내일 정오가 되면 율도왕을 사로잡을 것이니 군령을 어기지 말라."
　이렇게 장수들을 격려하고 다시 선봉을 맡은 세 호걸을 불러 지시한다.

"그대는 군사 오천을 거느리고 양관 남편에 복병하였다가 호령을 기다려 이리이리 하라."

다시 후군장 김인수를 불러 작전을 일러 준다.

"그대는 군사 이만을 거느려 양관 우편에 매복하였다가 호령을 기다려 이리이리 하라."

또 좌선봉 맹춘을 불러 말한다.

"그대는 철기 오천을 거느리고 율도왕과 싸우다가 거짓으로 패하는 척하며 왕을 유인하여 양관으로 달아나다가 추격하는 적병이 양관 어귀에 들어오거든 이리이리 하라."

하고 대장 기치와 백모황월*을 준다.

이튿날 날이 밝자 맹춘이 병영 문을 크게 열고 대장 기치를 앞에 세우고 크게 외친다.

"무도한 율도왕이 감히 천명을 거스르려 하니 나를 당할 재주가 있거든 빨리 나와서 승부를 가리라."

하며 병영 문을 힘차게 달려 나가며 힘을 뽐내니 적의 선봉장 한석이 맞받아 소리치며 말을 달려 나온다.

"너희는 어떠한 도적이기에 임금의 위엄을 모르고 태평 시절을 어지럽게 하느냐? 오늘날 너희를 사로잡아 민심을 편안케 하리라."

말을 마치고 여러 장수와 힘을 합쳐 싸우는데, 칼과 칼이 부딪치기 몇 번 만에 맹춘의 칼이 번쩍 빛나며 한석의 머리가 땅에 떨어진다. 맹춘은 한석의 머리를 치켜들고 닥치는 대로 찌르고 베며 소리

상주(商紂) 중국 은(殷)나라의 마지막 임금. 포악한 정치로 백성의 원성을 사다가 주나라 무왕에게 쫓겨났다. 하나라의 걸왕과 함께 폭군의 대명사로 불린다. 은나라의 수도가 상(商)이었으므로 상주라고 한다.

사직(社稷) 사(社)는 땅을 보살피는 신이고, 직(稷)은 곡식을 보살피는 신. 사직, 이란 한 나라를 보호하는 두 신으로 한 왕조가 일어나면 반드시 사직의 신을 모시므로 곧 왕조를 의미하기도 한다.

백모황월(白旄黃月) 흰 쇠꼬리 기와 황금 도끼. 임금이 싸움터에 나가는 장수에게 지휘권을 맡기는 의미로 주었다.

친다.

"율도왕은 죄없는 군사들을 다치게 하지 말고 빨리 항복하여 남은 목숨을 보전하라."

율도왕은 선봉이 패하는 것을 보고 치미는 화를 이기지 못하여 푸른 도포에 구름 무늬 갑옷을 입고 구리로 만든 투구를 쓰고 왼손에 방천극*을 들고 천리대완마*를 채찍질하여 앞으로 나서며 소리친다.

"적장은 잔말 말고 나의 창을 받으라."

급히 맹춘과 맞서 취하여 싸우니 십여 차례 만에 맹춘이 패하여 말머리를 돌려 양관으로 달아난다. 율도왕이 쫓아가며 꾸짖기를,

"적장은 달아나지 말고 말에서 내려 항복하라."

하며 말을 재촉하여 맹춘을 따라 양관으로 달려간다. 맹춘이 골짜기 어귀로 들어가며 무기를 버리고 달아나는 것을 보고 율도왕은 무슨 계략이 있는가 의심하다가 꾸짖는다.

"네 비록 간사한 꾀가 있은들 내 어찌 겁을 내리오."

그러고는 군사를 호령하여 급히 뒤쫓는다. 이 때에 길동이 높은 지휘대에서 이 광경을 지켜보다가 율도왕이 양관 어귀에 들어간 것을 알고 신병(神兵) 오천을 호령하여 대군과 합세하여 양관 어귀에 팔진을 쳐 돌아갈 길을 막는다.

율도왕이 적장을 쫓아 골짜기에 들어가자 대포 소리가 나며 사방에 있던 복병이 합세하니 그 세력이 바람 같고 비 같다. 율도왕이 꾐에 빠진 줄 알고 힘도 달리므로 군사를 돌려 나오는데 양관 어귀에 미치니 길동의 대군이 길을 막아 진을 치고 항복하라는 소리는 천지를 뒤흔든다. 율도왕이 힘을 다하여 진영의 문을 헤치고 들어가니 문득 비바람이 세차게 몰아치고 뇌성벽력이 진동하며 한 치 앞을 분간할 수가 없다. 군사들이 크게 어지러워 갈 바를 몰라 허둥대는데 길동이 신병을 호령하여 달려나와 적의 장수와 군졸을 순식간에

묶어 버렸다.

 율도왕이 어떻게 할 줄을 모르고 크게 놀라 죽을 힘을 다해 헤쳐 나가려 하나 팔진을 벗어날 길이 없다. 미처 군사들을 돌아볼 틈도 없이 혼자서 이리 뛰고 저리 달리며 갈팡질팡하는데, 길동이 군사를 호령하여 "결박하라"고 소리치니 그 소리가 서릿발같이 매섭다.

 율도왕이 비로소 주위를 둘러보았으나 따르는 군사가 한 사람도 없으므로 스스로 벗어나지 못할 줄을 알고 분한 마음을 이기지 못하여 스스로 목을 베어 죽었다.

 길동이 삼군을 거느리고 승전고를 울리며 본진으로 돌아와 음식을 내어 군사들을 배불리 먹이고 율도왕을 왕의 예로 장사 지낸다. 그런 다음 삼군을 이끌고 도성을 에워싸니 율도왕의 아들이 이 소식을 듣고 하늘을 우러러 탄식하다가 이어서 자결하니 신하들이 어쩔 수 없어 율도국의 새수*를 받들어 항복한다. 길동이 대군을 몰아 도성에 들어가 백성을 위로하고 율도왕의 아들을 또한 왕의 예로 장사 지냈다. 각 읍에 대사면령을 내려 죄인을 다 풀어 주고 창고를 열어 백성을 먹이니 온 나라 안 백성이 모두 그 덕을 칭송한다.

 날을 가리어 왕위에 즉위하고 승상을 추존하여 태조대왕이라 하고 그 능을 현덕능이라 하며, 그 어미를 황태비에 봉하고, 백용을 부원군에 봉하고, 백씨를 중전 왕비에 봉하고, 두 부인을 정숙비에 봉하였다. 선봉을 맡았던 세 호걸을 대사마 대장군에 봉하여 군사에 관한 일을 맡기고, 김인수를 청주 절도사에 임명하고 맹춘을 부원수로 삼으며, 그 나머지 여러 장수에게도 차례로 상을 내리니 한 사람도 원망하는 이가 없다.

새수(璽綬): 임금의 도장.

대완마(大宛馬): 대완국(大宛國: 지금의 아라비아 지방)에서 난 말. 대완국에서는 질 좋은 말이 많이 나므로 대완마라고 하면 곧 천리마의 의미로 쓰였다.

방천극(方天戟): 창의 한 종류. 끝이 세 갈래로 갈라져 있다.

태평성대를 이루다

　새 왕이 등극한 후에 시절이 태평하고 해마다 풍년이 들어 나라가 조용하고 백성이 평안하다. 임금의 덕과 어진 가르침이 나라 안에 고루 퍼지니 길에 물건이 떨어져 있어도 제 것이 아니면 줍는 사람이 없다. 이렇듯 태평한 가운데 어느덧 몇십 년이 지나 대왕대비 일흔 살로 세상을 버리셨다. 왕이 못내 슬퍼하며 예절을 다하여 극진히 장례하니 그 깊은 효심에 신하와 백성이 모두 감동한다. 태조대왕 모신 현덕릉에 안장하였다.

　왕이 아들 셋과 딸 둘을 두었는데 큰아들 항이 아버지와 같은 풍채와 덕을 지녀서 신하와 백성들이 산봉우리같이 우러러본다. 큰아들을 태자에 봉하시고 모든 고을에 대사면령을 내린 뒤에 태평연을 열어 즐긴다. 이 때 왕의 나이 일흔인데 술을 내어 얼큰히 취하여 칼을 잡고 춤추며 노래한다.

> 오른손에 큰 칼 비껴 잡았으니
> 남쪽 큰 바다가 몇만 리뇨.
> 큰 붕새 날아다니니
> 세찬 회오리바람 이는도다.
> 춤추는 소매 바람결에 휘날림이여,
> 해 돋는 동쪽과 해 지는 서쪽이로다.
> 어지러운 세상 평정하고 태평세월 이루니
> 상서로운 구름 일어나고 상서로운 별이 비치도다.
> 용맹한 장수가 사방을 지키니
> 도적이 국경을 엿볼 수 없도다.

　이 날 왕위를 태자에게 물려주시고 다시 각 읍의 죄수들을 풀어 주셨다.
　도성 삼십 리 밖에 월영산이 있는데 예부터 선인이 도를 닦던 흔적이 뚜렷이 남아 있다. 갈홍*이 연단술을 닦던 부엌이 있고 마고선녀* 하늘로 오른 바위가 있어 신비한 화초와 한가한 구름이 항상 머문다. 왕이 그 산수를 사랑하고 적송자*를 좇아 놀고자 하여 그 산속에 세 칸 누각을 지어 중전 백씨와 함께 거처하며 곡식을 모두 물리치고 하늘과 땅의 정기를 받아 신선의 도를 배운다. 태자는 왕위에 즉위한 뒤 한 달에 세 번씩 이곳에 나와 부왕과 모비(母妃)께 문안을 드린다.

하루는 뇌성벽력이 요란하게 울리며 오색 구름이 월영산을 두르더니 이슥히 있다가 우레 소리 그치고 하늘이 맑아지며 선학(仙鶴) 소리 자자하더니 대왕과 대비가 간 곳이 없다. 왕이 급히 월영산에 올라 보니 두 분의 종적이 막연하다. 슬픈 마음을 이기지 못하시어 공중을 향하여 수없이 부르면서 운다.

대왕과 대비의 신위를 현릉에 모시니 사람마다 이르기를,

"우리 대왕님이 선도를 닦아 백일 승천하시다."

한다.

왕이 백성을 사랑하사 힘써 덕으로 가르치니 온 나라가 태평하여 격양가*를 부른다. 덕이 깊고 어진 자손이 뒤를 이어 다스리니 대대로 태평세월이 이어졌다.

조선 홍 승상 댁에서는 대부인이 나이 들어 돌아가시자 큰아들 길현이 예절을 극진히 하여 선산 기슭에 장례하고 삼년상을 지낸 뒤에 조정에 나아갔다. 첫 벼슬로 한림학사에 대간*을 겸하고 계속 승진하여 병조

갈홍(葛洪): 중국 동진(東晋) 시대의 도가(道家), 자는 치천(稚川), 호는 포박자(抱朴子). 흔히 소갈선옹(小葛仙翁)이라 부름. 진사(辰砂)로 황금이나 약 같은 것을 만드는 연단술(煉丹術)에 조예가 깊었다. 『포박자(抱朴子)』, 『신선전(神仙傳)』을 지었다.

마고선녀(麻姑仙女): 중국 전설의 선녀 이름. 손톱이 새같이 길었다고 함.

적송자(赤松子): 옛날 중국의 신선 이름.

격양가(擊壤歌): 풍년이 들어서 농부가 태평한 세월을 즐기며 부르는 노래. 중국 요임금 때 늙은 농부가 태평한 생활을 즐거워하여 땅을 두드리면서 부르는 노래로, "해 뜨면 나와 일하고 해지면 들어가 쉬며, 우물을 파서 물 마시고, 밭 갈아서 먹으니, 임금의 힘이 나에게 무슨 소용이리오(日出而作 日入而息 鑿井而飮 耕田而食 帝力於我何有哉)"라는 내용으로 되어 있다.

대간(臺諫): 대관(臺官)과 간관(諫官). 곧 사헌부와 사간원의 벼슬을 말하는 것으로 주로 임금에게 바른 말을 고하는 직책.

정랑에서 홍문관 교리와 수찬을 겸하고, 거듭 승진하여 승상을 지냈다. 이렇게 크게 복을 받아 삼정승 육판서를 지내 그 명예가 온 나라에서 첫손에 꼽힌다. 하나 승상의 마음속에서는 아버지 산소에 성묘하고 동생 길동을 보고 싶은 생각이 하루도 가시지 않되 남북으로 길이 갈려 가고 올 수 없음을 한탄할 뿐이다.

아름답도다, 길동의 일이여, 훌륭하게 뜻을 이룬 장부로다! 비록 천한 어미 몸을 빌려 태어났으나 가슴에 쌓인 원한을 풀어 버리고 효도와 형제의 우애를 완전히 이루었구나. 이런 일은 아득한 옛날부터 먼 뒷날까지 드물고 드문 일이므로 뒷사람이 알게 하고자 하노라.